안규철의 질문들

워크룸 프레스

일러두기

이 책은 2023년 늦가을부터 2024년 초여름 사이 안규철이 쓴 두 권의 노트를 정리해 엮은 것이다. 새로운 작업을 구상하며, 다가오는 전시를 준비하며, 그날그날 떠오르는 단상들을 적으며, 그리고 무엇보다 그동안 자신이 걸어온 길을 돌아보며 매일 써 내려간 이 기록은 지금껏 그가 던져온 질문들의 목록이자, 그에 대한 답이다.

I

여름내 차일피일 미루다가 늦가을이 되어서야 겨우 며칠
짬을 내어 시골 오두막을 보러 갔다. 예상대로 진입로부터
허리 높이로 자란 풀숲을 헤치고 들어가 보니 우거진
잡초가 정글을 이루고 있었다. 지난봄에 심은 매실과 복숭아
묘목들은 극성스러운 덩굴식물들에 뒤덮여 간신히 잎사귀
몇 잎을 펼치고 연명하는 중이었다. 우리가 원하는 것들은
어쩌면 하나같이 이렇게도 연약하고, 원치 않는 것들은
그리도 억척스러운지. 갈퀴와 전지가위를 들고 이 무단
침입자들을 몰아내느라 꼬박 사흘을 보냈다. 풀들로서는
날벼락 같은 일이었을 것이다. 자신들이 점유한 이 땅이
누구의 것인지 그들이 알 리가 없는데, 여름내 아무 말
없다가 이제야 주인이랍시고 나타나서 무자비한 학살을
벌이는 것을 그들이 어떻게 이해할 것인가. 그러나 이것은
승산 없는 싸움이다. 뿌리 뽑히고 잘려 나가지만, 씨앗은
사방에 뿌려져 있고 그들은 언제든 다시 돌아올 것이다.

미술은 이야기가 아니라고 했던 모더니즘의 선언이 무색할 만큼 미술가들은 할 이야기가 많다. 영상 작업이나 리서치 기반 작업처럼 작품 자체가 이야기인 경우가 아니더라도, 미술가들은 작품집, 도록 서문, 전시장 텍스트, 도슨트의 작품 해설, 작가 노트, 작가와의 대화, 지원금 신청서, 유튜브 인터뷰 영상에서 끊임없이 자신의 미술을 이야기하고 있다. 나도 마찬가지다.

과거에 미술가들은 과묵했다. 할 이야기가 있으면 작품으로 해야 한다고 믿었고, 작품 앞에서의 침묵을 미덕으로 여겼다. 그러나 나는 현대미술은 이야기가 아니라는 말을 이해할 수 없었다. 이야기를 하지 않는 미술이 어떻게 삶을 다룰 수 있는지 믿을 수 없었다.

1990년대 초에 나는 망치니 구두니 하는 일상의 사물을 통해 이야기를 하는 오브제 작업을 시작했다. 세 벌의 외투를 이어 붙인 「단결 권력 자유」(1992)에서처럼 그 이야기들은 대부분 구체적인 사건에서 소재를 얻었다. 1991년에 일어난 걸프 전쟁에서 눈에 띈 "단결이 자유를 만든다"라는 문장에서 세 벌의 외투라는 사물의 형태를 떠올리게 되었고, 미국이 서방국가들에 이라크전 파병을 요구하며 사용한 이 슬로건에 대한 비판에서 시작한 작품은 개인과 집단, 연대와 자유의 문제로 의미가 확장되었다.*
작업은 구체적인 사건으로부터 인간과 세계에 대한

---

* "단결이 자유를 만든다"(Solidarity makes freedom)는 걸프 전쟁 당시 부시 미국 대통령이 서방국가들의 참전을 요구하며 내세웠던 슬로건이자 폴란드 자유 노조의 구호였다. 세 사람이 옆 사람과 같은 소매에 팔을 넣어서 입도록 바느질된 이 외투는 1992년 샘터화랑에서 열린 첫 개인전에서 선보였다.

보편적인 이야기를 끌어내는 과정이 되었다.

이러한 나의 작업 방식이 현실의 '구체성'을 희석하거나
휘발시키는 결과가 되는 것이 아닌지 돌아볼 필요가 있다.
구체적인 현실에서 작업의 동기를 얻지만, 그 특정성을
보편적인 인간 조건으로 치환하려 한 것이 내 작업의
한계였을까? 유학생으로 독일에 머물면서 지역성을
넘어서는 보편성을 추구했고, 그로 인해 작업이 '현실'로부터
거리를 둔 사변적인 몽상으로 기울었던 것은 아닌가?
관찰자의 시점, 구경꾼의 시점을 넘어서 사태의 모순과
부조리를 더 깊이 천착했어야 하는가? 지금 내가 마주하고
있는 질문이다.

l   für   Solidarität. '90 AHN

자코메티의 인물처럼 소멸 직전까지 간 사물들을 생각해
본다. 가까스로 형체를 유지하고 있는 의자. 산산조각으로
깨어져 허공에 멈춘 항아리. 허물어지기 직전의 성(城).
동사를 잃고 명사만 남은 연설문. 말들의 폐허. 자신이
왜 그곳에 머물고 있는지 모른 채 자리를 지키는 단어들.
자신이 누구였는지, 무엇을 가리키는 기표였는지를
잊어버린 말들. 이런 것들로 이루어진 풍경을 그려본다.
불타버린 존재의 집. 유효 기간이 지난 인간의 언어로는 더
이상 아무것도 변화시킬 수 없는, 브레이크 없는 재앙으로의
질주. 미사일과 탱크가 주인이 된 세상에서, 죽은 언어의
잔해 속에서 나는 무엇을 하고 있나?

나는 왜 실패와 부조리에 이처럼 집착하는가. 부조리한 사물로 부조리한 시대를 비웃고, 실패를 자초하는 퍼포먼스로 우리 사회의 실패를 비판하면 그것으로 충분한가? 그것들이 실제 현실 속에서 충돌을 일으키고 굳건한 믿음의 벽에 균열을 낼 만큼 강력한가? 무해한 수준의 투정으로, 체제의 유연한 포용력을 입증하는 허용된 농담에 그칠 뿐인가? 어떻게 이 상황을 넘어설 것인가?

작은 것을 크게, 복잡한 것을 단순하게, 또는 그 반대. 사물의
속성을 거꾸로 뒤집어서 낯선 사물을 만드는 것은 이제까지
내 작업의 근본적인 방법이었다. 멀리 있는 것이 가까이
있는 것으로, 아름다운 것이 추한 것으로, 흔한 것이 희귀한
것으로, 무해한 것이 치명적인 것으로 변할 때 삶과 세계의
진실이 드러난다. 역설의 미학. 가장 사소한 것을 가장
중대한 것으로, 가장 슬픈 것을 가장 기쁜 것으로, 아무것도
아닌 것을 모든 것으로.

망치는 나무로 된 자루와 쇳덩어리로 이루어진 단순한
물건이다. 그것을 아무리 작은 단위로 해체해도 그 본질에
이를 수는 없다. 그것의 본질은 두 가지 재료를 특정한
방식으로 결합하여 특정한 기능을 하도록 만든 인간의
의도와 인간이 그것을 사용하는 다양한 방법들을 모르는
채로는 파악할 수 없다. 그 고유한 본질이 사물에 내재하는
것이 아니라 사물 바깥의 외부 존재에 달려 있다는 사실은
주목할 만하다. 그러나 그것이 다가 아니다. 사물에서 우리가
아는 일반적인 기능을 제거하면 그때 비로소 사물은 그
자체로서 우리가 결코 뚫고 들어갈 수 없는 낯선 자신의
존재를 드러낸다. 아무리 하찮은 사물일지라도 털어놓지
않는 자기만의 비밀이 있다.

나는 내 작품을 말과 글로 명확히 서술할 수 있기를
바라면서, 동시에 그 작품이 언어로 규정되는 상태를
넘어서는 어떤 것이어야 한다고 생각한다. 이것은 양립
불가능한 목표처럼 보인다. 한 작품 안에 말할 수 있는
것과 말할 수 없는 것이 공존한다는 것은 모순적인 주장이
아닌가? 단순 명료하고 구조적으로 자명한 작품을 지향하던
시절에는 이것이 전혀 문제가 되지 않았다. 메시지를
담아서 관객에게 전해주는 것이 작품의 소임이었으므로,
그 메시지를 가장 적합하게 담는 재료와 형식을 찾으면
되었다. 그런데 작품은 매개체일 뿐만 아니라 그 자체로서
존재하는 사물이며, 모든 사물이 그렇듯 나의 관찰과 사유가
뚫고 들어갈 수 없는 고유한 자신의 비밀을 갖는다는
사실을 인식할수록, 그리고 이처럼 말로 규정할 수 없는
사물의 내면, 언어의 한계를 넘어서는 영역으로 우리의
인식을 확장하는 것이 중요해질수록, 작품의 언어적, 개념적
판명함만으로는 부족하다는 것을 알게 되었다. 언어라는
재료와 논리라는 도구로 집을 짓고, 그 안에 내가 의도한
메시지를 담는 것이 작업의 과정이라면, 그 집에서 관객이
내가 예상하지 않은 것들을 발견하고, 다른 경험을 하게
되는 것이 수용의 과정이다. 「49개의 방」(2004)*에서 나는
이런 관객의 다양한 수용 가능성을 경험한 바 있다. 여기서
한 발 더 나아가 '집'이 아니라 '정원'을 만들어보면 어떨까.
중력의 저항에 맞서고 중력을 역이용하는 견고한 구조물을
짓는 것이 지금까지 내가 해온 미술이었다면, 땅을 갈아서

---

* 2004년 로댕갤러리 개인전 『49개의 방』에서 발표된 설치 작품이다.
가로세로 7칸씩 49개의 방들이 112개의 문으로 연결된 건축적 구조물로서
관객에게 미로와 같은 공간 경험을 제공했다. 2015년 국립현대미술관
서울관에서 열린 개인전 『안 보이는 사랑의 나라』에서는 검푸른 벨벳
커튼으로 구획된 「64개의 방」을 선보였다.

여러 식물이 자라는 정원을 만드는 작업은 새로운 모험이다. 일부는 나의 밑그림대로 되겠지만, 나머지는 내 의도와 상관없이 이름 모를 풀과 꽃을 위해 비워두는, 그런 작업 말이다.

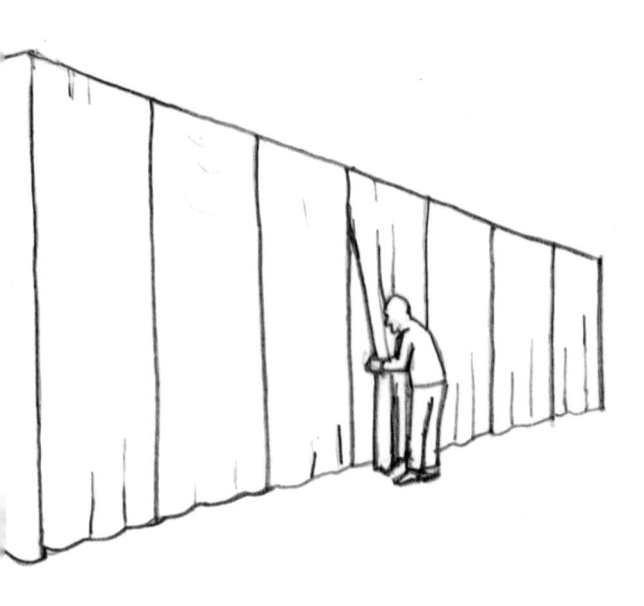

푸른 벨벳의 방

미술가로서 나는 교훈적인 메시지를 전하는 미술을 할
생각이 없다. 누구를 가르치고 올바른 삶으로 이끄는 것은
내가 하는 일이 아니다. 나는 그럴 만큼 훌륭하지 않고,
남들보다 도덕적이지도 않고, 무엇보다 그렇게 하더라도
사람들이 내 작품을 통해서 각성하고 더 나은 인간이
되리라고 믿을 수 없다. 그 대신에 나는 질문을 하기로 했다.
교훈과 설교보다 질문이 내 작업의 목표라면, 그 작업의
성패는 그 질문들이 관객에게 회피할 수 없는 절실한 질문이
되느냐, 그렇지 않고 하나 마나 한 질문이 되느냐에 달려
있을 것이다. 나는 이 한심한 세상에 정색을 하고 달려들
생각이 없다. 그래봐야 눈 하나 깜짝할 사람이 없다는 것을
알기 때문이다. 그래서 오히려 엉뚱한 질문이나 실없는
농담에 관심이 간다. 농담은 웬만해서는 꿈쩍도 하지 않는
사람들의 타성에 의외의 타격을 가하는 방법이다.

11월의 바람 속에서 낙엽이 사방으로 흩어져 거리를
질주하는 동안 한 권의 책이 산산조각으로 찢어져 온
방을 가득 채우는 풍경을 상상해 본다. 찢어진 페이지들이
운동회의 만국기처럼, 비행기가 뿌리고 간 삐라처럼 공중에
흩어진 채 멈춰 있다. 책은 순서대로 전개되는 이야기를
잃어버리고 조각난 문장들, 흩어진 단어들, 발음되지
않는 자음들로 부서지고, 복구될 수 없는 하나의 소문,
희미한 기억이 된다. 우리는 모두 책이 되려 하지만 책조차
영원하지 않다.

分枝

이사 온 뒤 한 번도 제대로 가지를 쳐준 적이 없던 마당의
나무들을 겨울이 오기 전에 손봤다. 뒷마당을 뒤덮다시피 한
느티나무 가지가 제일 큰 문제였다. 여름에 시원한 그늘을
만들어주지만 가을에 쏟아지는 낙엽을 감당할 수 없고 그
아래 키 작은 라일락이나 장미는 햇볕을 찾아 남쪽으로
서쪽으로 기울어진다. 텃밭의 상추니 고추니 하는 것들도
그늘 때문에 제대로 크질 못한다. 동네에서 정원 일을
하는 사람을 불러 온종일 가지치기를 하고 나니 마당은
산더미처럼 쌓인 나뭇가지와 잎사귀로 발 디딜 틈이 없었다.
나무토막을 한쪽에 쌓고, 잔가지들을 쓸어 담는 동안, 나무가
자란다는 것은 다름 아니라 계속 새로운 가지를 뻗어나가는
일이라는 생각이 들었다. 한 방향으로 곧게 자라던 가지는
어김없이 방향을 틀어서 새로운 가지를 내뻗는다. 나무는 한
방향으로만 자랄 수 없다. 미술가도 마찬가지다.

느티나무에게 산다는 것은 끝없이 새로운 방향으로 가지를 펼치는 일일 것이다. 잎사귀 하나 크기의 햇빛이라도 놓치지 않고 받아서 자신을 위한 양분으로 삼으려는 치열한 의지와, 새로운 가지를 어디쯤에서 어느 방향으로 내놓을지를 정하는 치밀한 판단의 결과다. 아무 예고도 없이 여러 해 키워온 수많은 가지를 잃은 느티나무로서는 청천벽력 같은 상실이었을 테지만, 나는 그것이 포기하지 않을 것임을 안다. 상처를 서둘러 봉인하고, 그렇다면 이제 어떻게 가지를 뻗어야 할지 가늠할 것이다. 끝없는 분기, 계속해서 원래 가던 길을 벗어나 다른 길을 찾아가는 것이 나무의 일이다. 나는 나무가 아니지만 내가 하는 미술이 일관된 관성을 따라가는 것이 아니라 나무처럼 계속해서 다른 가능성을 찾아 새 가지를 뻗어나가는 것이 되기를 바란다. 그렇게 사방으로 펼쳐진 가지와 잎으로 풍성한 하나의 세계가 되기를 바란다. 수십 갈래로 뿔뿔이 흩어져 간 가지들이 있기에 나무가 있듯이, 스스로에 대한 의심과 질문의 가지들이 있기에 내 작업이 있다. 미술은 익숙한 오늘과 헤어지는 일이다. 안정된 길에서 불안정한 길로, 훤히 아는 길에서 모르는 길로 접어드는 일이다. 어제 확신했던 것을 오늘 불신해서가 아니라, 어제까지의 노력과 성과를 헛된 것으로 만들기 위해서가 아니라, 어제를 부정함으로써만 한 발 나아갈 수 있기 때문이다. 한 줄기 햇빛도 소중하기에 새로운 방향으로 가지를 뻗는 것이다. 그렇다면 나를 움직이는 햇빛은 무엇인가?

전시장의 관객이 구호가 적힌 모자를 쓰고 전시실을
돌아다닌다. 피켓을 들거나 티셔츠를 입어도 괜찮다.
시위대나 응원단처럼 어떤 사안에 대한 견해를 분명히
드러내는 단어들을 등장시켜 상반되는 견해의 충돌을
유도한다. 관객은 자신의 의지로 특정한 모자를
선택함으로써 자신의 정치적, 사회적 입장을 공개한 채로
전시실에서 다른 관객들과 마주친다. 현안에 대한 선동적,
자극적 구호를 운반하는, 걸어 다니는 피켓으로서 관객은
상반된 구호가 난무하는 전시장, 적대적인 타인들과
조우하고 논쟁을 벌일 공론장에 진입한다. 관객이 자신의
견해에 따라 구호를 선택하게 하느냐, 아니면 무작위로
구호가 부과되느냐에 따라 놀이가 되기도 싸움이 되기도
할 것이다. 전시는 환경 문제, 저출산 문제, 남북문제, 노인
문제, 성소수자 문제 등 우리 사회의 갈등과 분열을 수면
위로 끌어내는 정치적 이벤트, 논란의 발화점이 될 것이다.
우리가 광화문 앞에서 매일 보는 풍경의 축소판이 될
것이다.

전시실에 입장하는 관객에게 짐을 끌거나 짊어진 채로
전시를 보게 한다. 긴 막대, 운반 카트, 트롤리 따위의 부피가
크고 자유로운 움직임을 제한하는 물건들을 동반하게
함으로써 다른 관객과의 충돌과 잠재적 분쟁을 유발하는
긴장된 전시장을 만든다. 전시실은 서로 밀고 밀리는
적대적인 관람객들로 붐빈다.

사람들이 큰 공 하나씩을 가지고 있다. 자신의 공을 굴리면서 이리저리 돌아다니는 사람들로 방 안에 빈자리가 거의 없다. 사람들은 서로 부딪치고 밀려나고 멈춰서고 옆 사람을 밀친다. 굴러다니는 장애물로 가득한 길. 공을 굴리는 모두가 모두의 장애물이 된다. 누구도 동시에 두 개 이상의 공간에 있을 수 없다. 누구도 모든 공간을 동시에 파악할 수 없다. 전체를 통제할 수 없고, 전체에 책임을 질 수도 없다. 그저 자신의 공 하나를 지키느라 인생이 다 간다.

나무처럼 사방으로 내 생각을 펼쳐나가게 하는 힘, 빛이 없는 한밤의 어둠 속에서 조용히 내일의 빛을 생각하게 하는 존재는 무엇인가? 명예도 돈도 아니고 경쟁에서의 승리도 아닌, 그것들보다 훨씬 단순하고 자명한 그 태양과 같은 존재를 무엇이라 부를 것인가? 그것을 삶이라고, 사랑이라고 부른다면, 이제 질문은 내가 과연 나무처럼 필사적으로, 그러면서도 신중하게 가지를 펼치고 새로운 가지를 뻗을 지점을 정해왔는가일 것이다. 모든 것을 직관과 우연에 맡긴 채 이리저리 팔을 뻗는 암중모색 속에서 비워두고 건너뛰고 잊어버린 무수한 공백들을 하나하나 되짚어 빈자리를 채워가는 일, 한쪽으로 기울어진 나무가 쓰러지기 전에, 외부의 지지대에 의존하지 않고 홀로 균형을 잡을 수 있도록 이제까지 소홀했던 쪽으로 더 많은 가지를 키우는 일, 아니면 웃자란 가지들을 과감하게 쳐내는 일. 그것이 지금 해야 할 일이다.

한 묶음의 책을 사포로 갈아서 공을 만든다.

응결된 책, 종결된 책, 완결된 책. 원점으로 돌아간 침묵의
책.

다시 겨울이 와서 온수 매트를 켜다가 어머니 생각이 난다. 가스 요금 걱정 말고 따뜻하게 지내시라고 신신당부를 해도 댁에 가보면 보일러 온도를 늘 낮춰놓던 어머니는 침대의 온수 매트도 밤새 켜놓지 못하셨다. 저녁때 켜두었다가도 잠자리에 들 때는 껐으니 새벽이면 온기가 다 사라졌을 텐데, 몇 시간 뒤에 자동으로 꺼지는 예약 기능도 쓰질 않으셨다. 절약 때문이기도 했으나, 저 혼자 작동하는 전기 제품에 대한 불신과 두려움 때문이기도 했다. 혼자 지내온 그 오랜 세월 어머니는 아버지가 남긴 따뜻한 온기를 기억하셨을까. 그러느라고 기계가 제공하는 따뜻함을 애써 외면하셨을까. 아내를 막 떠나보낸 노인이 슬픔을 억누르며 아내의 마지막 체온을 붙들어 두기라도 하려는 듯 빈 침대 시트를 쓰다듬던 어느 드라마의 한 장면을 떠올린다. 사람이 사람에게 줄 수 있는 것은 따뜻한 온기뿐이다.

냉혹한 세상에서 따뜻함을 말하는 것을 나의 결함이거나
잘못이라고 비난한다면 나는 기꺼이 그 비난을 받아들일
것이다. 그것은 세상이 그렇다는 사실을 입증할 뿐이므로.
차가운 이성의 언어로 따뜻한 감성을 말하는 것. 헤프고
값싼 감상을 덜어낸 시(詩)에 이르는 것.

사회적 모순과 부조리가 내 작업의 동기였고 근거였다는 사실은 부정할 수 없다. '세상이 어째서 이러한가'라는 질문에서 작업이 시작되었고, 그 질문들을 붙들고 40년을 지내왔다. 부조리한 세상이 없었다면 나의 작업은 달랐을 것이고, 어쩌면 없었을지도 모른다. 아마 나는 이런 작가적 기반을 떠날 수 없을 것이다. 그러나 그로 인해서 내가 할 수 없었던 것, 관심 밖에 놔두었던 것들을 생각해 보려 한다. 인간과 자연, 삶 자체에 대해, 그 신비로움에 대해, 사회보다 더 큰 세계의 경이로움에 대해.

평범한 사물도 없고 평범한 일상도 없다. 익숙하고 친밀한 모든 것은 실은 지극히 낯설고, 저마다 제 갈 길을 가는, 나 같은 존재에게 아무런 관심이 없는 다른 세계의 것들이다. 우리 모두가 다른 기억과 다른 욕망에 이끌려 다른 세계에 살고 있다. 스쳐 지나가는 것들을 지나치지 않고 이방인의 눈으로, 외계인의 눈으로 보는 것, 타자의 삶과 세계의 진실을 발견하는 것이 아니라면 삶이 과연 무슨 의미가 있는가.

낙엽을 태우는 일, 사진이나 편지를 태우는 일, 고인의
유품을 태우는 일은 모두 이별의 의식이다. 그것들이
저절로 사라질 때까지 지난 시간과 기억에 사로잡혀 있을
수 없어서, 과거를 살 수 없어서 그것들을 떠나보내는
것이다. 그것들은 불길 속에서 마지막으로 자신에게 남아
있던 온기와 자신들을 지탱하던 끈끈한 결속을 환한
불꽃으로 내어주고 연기가 되어 날아간다. 빛에 반응하지
않는 검은 어둠이 되고 회색 안개가 되어 우리가 아는 세상
바깥으로 나아간다. 그들은 돌아오지 않는다. 흔적이 남고
폐허가 남지만 다시는 원래 있던 그 자리에 그 모습으로
돌아오지 않는다. 이것이 세계와 사물의 진실이다. 그래서 그
앞에서 우리는 눈을 뗄 수 없는 것이다. 하루하루가 이별의
나날이다.

'모든 일에는 때가 있다'는 말은 우리의 시간을 둘로 나눈다.* 지금 할 일과 하지 말아야 할 일을 나누고, 때가 오기를 기다리라고 가르친다. 씨를 뿌릴 때와 거둘 때, 말할 때와 침묵할 때, 잃어버릴 때와 찾을 때, 지을 때와 부술 때, 사랑할 때와 미워할 때…. 그러나 우리의 시간은 그렇게 흘러가지 않는다. 사랑과 증오, 건설과 파괴, 상실과 성취, 말과 침묵이 뒤섞인 혼돈과 모순이 우리의 삶을 지배한다. 태어날 때와 죽을 때가 따로 있지 않고 태어남이 죽음이거나 죽음이 다시 태어남이 되고, 만드는 것이 다른 것을 파괴하는 일이기도 하다. 얻는 것이 잃는 것이 되고, 침묵이 가장 강력한 말이 되기도 한다. 동전의 양면처럼 둘로 나뉜 채 짝을 이루는 이 일들을 동시에 행하거나, 아니면 둘 중 하나만을 계속함으로써 전도서의 이 교훈에 역행하는 퍼포먼스를 상상해 본다. 잠자면서 걷고, 말하면서 아무 말도 하지 않는 것, 쉬지 않고 나아가지만 늘 제자리에 머무는 것.

* '모든 일에는 때가 있다'(Alles hat seine Stunde)는 2013년 안규철이 괴테인스티튜트에서 열린 동명의 기획전에서 선보인 연작 제목이다. 「사랑할 때와 미워할 때」, 「슬퍼할 때와 춤출 때」, 「침묵할 때와 말할 때」 등 23개의 작품으로 이뤄진 이 연작은 독일 유학 시절 한 친구가 보낸 편지에 적힌 전도서의 한 구절에서 비롯했다.

떨림이란 움직임과 멈춤 사이의 회색 지대이다. 위치를 옮기지 않는다는 점에서는 멈춤이지만, 제자리에서 미세한 운동을 한다는 점에서는 움직임이다. 떨림은 내면의 긴장과 두려움이 외부로 발현되는 현상이고, 추위에 저항하는 우리 몸의 자율적 반응이다. 떨리는 손, 떨리는 목소리, 흔들리는 눈동자. 이것들은 모두 내가 원하지 않는, 내 안의 또 다른 내가 나의 동의 없이 나타내는 신호다. 이런 모습을 남에게 보이지 않으려는 이유는 나의 취약한 내면을 있는 그대로 드러내고 싶지 않기 때문이다. 내가 떨고 있을 때, 내부에 있는 무언가가 나를 흔들고 있다. 내 의지와 상관없이 내 몸은 떨리고 나는 그것을 막을 수 없다. 지하의 압도적인 힘이 지진을 일으키듯 내 안에도 나를 진동하게 하는 힘들의 충돌이 있다. 사랑을 고백하는 목소리, 금지된 행동을 막 시작하는 손, 성공의 희열과 실패의 예감 사이에서 진동하는 마음, 이들은 모두 젊은 날의 떨림이었다. 이런 떨림이 없어지는 것은 나이가 드는 증거다. 외부의 자극에 제대로 반응하지 않는다는 증거.

어린 시절 싸움이 시작될 때의 떨림. 나의 약한 내면을
남에게 들킬지 모른다는 두려움에 사로잡혔을 때의 떨림.
호기심에 짓궂은 장난을 치기 직전의 떨림. 낯선 상황에
당황했을 때의 떨림. 무대에 오르기 전의 떨림. 결과가
나오기를 기다리는 동안의 떨림. 새로운 소망을 갖게 되었을
때의 떨림. 사랑을 고백할 때의 떨림. 모두 지나간 일이
되어버린 떨림이다. 웬만해선 꿈쩍도 하지 않는 돌덩이 같은
마음이다.

떨림은 왜 피해야 하는 것일까. 흔들리지 않는 굳건한 의지와 신념은 왜 찬미의 대상일까. 어쩌면 우리의 삶이 바람 앞의 촛불처럼 연약하기 때문에, 늘 끊이지 않는 위기와 위협 앞에서 진동하는 운명이기 때문에 이런 이분법이 생겨난 것은 아니었을까. 세계와 나 사이의 긴장이 떨림을 만든다면 떨림이 없어지는 것은 반드시 좋기만 한 일이 아니다. 웬만한 일에 침착하게 대응할 만큼 영혼이 성숙한 결과이지만 세상사에 무관심해졌다는 증거이기도 하기 때문이다. 새해에는 다시 설렘과 떨림이 가득하기를 바란다면 그것은 축복일까 무모한 객기일까.

탱크가 진입하는 프라하의 불안을 유리컵의 진동으로
표현한 영화 「참을 수 없는 존재의 가벼움」의 첫 장면처럼,
떨리는 사물들로 지금 우리의 상태를 말할 수 있을 것이다.
위기의 징후는 이미 곳곳에 있는데 아무도 움직이지 않는다.
간신히 형체를 유지하고 있는 연약한 사물들이 떨고 있다.
미세한 떨림이지만 임박한 파국의 신호다. 수직선, 수평선이
좌우로 기울어진다. 균열이 커진다.

단어들이 북극의 빙벽처럼 무너져 내린다.

우리가 사랑하는 말들이 바닷속으로 가라앉는다.

LOVE 빙산

2014년 전시에서 선보인「타인만이 우리를 구원한다」는 매력적이지만 뭔가 아쉬운 작업이 되었다.* 반짝이는 구슬을 실에 꿰어 허공에 매달아 공간을 구분하는 문이자 떠 있는 (환영의) 말이 되도록 하는 작업. 작은 점들이 모여서 어떤 의미를 전하는 기호가 되고 안과 바깥, 내가 있는 곳과 부재하는 곳, 현재와 미래를 나누는 벽이 된다. 그 벽은 아주 작은 몸짓 하나로도 젖혀지고 흐트러질 수 있는 약한 벽이지만 반드시 원래의 모습으로 되돌아가서 아무 일 없었다는 듯 기호이자 경계의 역할을 하는 완강한 벽이다. 부드럽지만 파괴할 수 없는 빛의 기둥이다.

* 2014년 하이트컬렉션에서 열린 개인전 『모든 것이면서 아무것도 아닌 것』에서 선보인 작품이다. 구슬을 꿴 실을 매달아 "Only Others Save Us"라는 문장을 허공에 쓴 이 작품은 세월호 참사라는 아물지 않는 상처를 겪은 모든 이에게 건네는 작은 위로의 말이기도 했다.

깨진 그릇의 잔해와 아직 깨지지 않은 그릇의 조우. 부서졌다가 복원된 그릇. 고대의 유물처럼 군데군데 유실되어 가까스로 형태를 알아볼 수 있는 그릇. 파괴되는 것과 복원되는 것. 멈춰 있는 것과 움직이는 것. 버려지는 것과 남겨지는 것. 죽은 것과 산 것. 소멸하는 것과 성장하는 것. 선인장이나 토끼, 눈사람 같은 두 개의 물체를 병치하여 둘의 엇갈린 운명을 드러내는 작업들은 열역학 제2법칙을 확인하고 도해(圖解)하는 작업이다. 두 개체의 같음과 다름을 통해 우리 자신과 세계의 피할 수 없는 운명을 보여준다.

사물 하나를 만들었다가 부수고 복원했다가 해체하는
과정을 무한 반복하면 어떤 일이 일어나는가? 누더기가 된
불상, 종교적 도상. 존재와 소멸 사이를 끊임없이 왕복하며
소진되는 고단한 사물이 있고, 이 무의미한 행위로 자신에게
주어진 시간을 탕진하는 어릿광대인 내가 있다. 사물을
임의의 규칙에 따라 해체하고 재배열하는 것. 분해, 분쇄,
절단, 분류 등 가능한 모든 방법으로 사물의 원래 기능,
본연의 질서를 파괴하는 것으로 나는 무엇을 만들고 있는가.

A가 파괴되어 다른 것이 되었다가 다시 A로 부활한다.
혹은 A가 파괴되었다가 B로, B가 다시 C로, C가 다시 D로
변질되는 과정을 되풀이하며 결국 그 기원이 A였음을
알아볼 수 없는 지경에 이른다. D에는 A의 흔적이 거의 남아
있지 않아서 D는 A를 알지 못한다.

우선 두 개의 의자를 준비한다. 그중 하나를 해체해서 의자
아닌 다른 무엇을 만들고 다시 그것을 또 다른 무엇으로
만든다. 이렇게 의자였던 것이 의자와는 전혀 다른 무엇이
될 때까지 이 일을 계속한다. 한 단계에서 다음 단계로
넘어가는 과정에서의 도약이 이 작업의 핵심이다. 어제의
나를 내일의 나로 변하게 하는 부단한 노력으로 계속 앞으로
나아가다 보면 언젠가 이 일의 시작이 의자였던 것을 전혀
알 수 없는 상태에 이를 것이다. 나아가 내가 왜 이런 일을
시작했는지조차 기억하지 못하게 되었을 때 작업이 끝난다.
하나의 의자와 원래 의자였으나 이제는 전혀 의자 같지 않고
의자를 알지도 못하는 낯선 사물이 나란히 놓인다. 온전히
남아 있는 의자는 기억의 닻처럼 한때 동료였던 의자의
파란만장한 삶과 죽음을 바라보는 증인이 된다.

나는 아직도 내 작업이 어떻게 작품이 되는지, 내 안에서
생각들이 어떻게 형태가 되어 내 바깥으로 나타나는지 잘
모르겠는데, 모든 걸 다 아는 듯한 사람들을 보면 신기하다.
저런 확신은 어디서 오는 것인지. 이 불확실한 세계에서,
거친 파도에 흔들리는 조각배 위에서 어쩌면 한 치의 의심도
없이 자신이 믿는 것이 진실이라고 확신할 수 있는지. 그럴
수 없기 때문에 나는 글을 쓰고 그림을 그리는 사람이
되었다. 세상을 믿을 수 없고, 나 자신을 믿을 수 없어서
예술을 하고 있다. 진실이라 말해지는 것들을 의심하고
질문하지 않는 예술가를 나는 믿을 수 없다.

II

흘러간 팝송을 들려주는 음악 방송을 틀어놓고 있다가
그 친근하고 달콤한 노래들 대다수를 내가 알고 있다는
사실이 새삼 놀랍다. 스무 살 무렵에 듣던 익숙한 멜로디에
그 시절을 떠올린다. 그러면서 문득 그 시절에 세상에 못된
짓을 다 했던 인간들도 이 노래들을 즐겨 들었으리라는
생각이 든다. 그들도 나처럼 거기서 추억을 더듬을 것이고,
그중 한두 곡을 애창곡으로 흥얼거릴지도 모른다. 흘러간
노래가 주는 위안 속에서 마음 한구석이 불편해진다. 노래는
나만을 위한 것이 아니라는 것. 도저히 용서할 수 없는
악당의 머릿속에도 감미로운 기억으로 각인된다는 것.
그 감동과 아름다움에도 불구하고 추악하고 교활하고
뻔뻔한 인간의 본성은 조금도 변하지 않는다는 것.

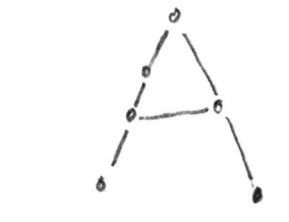

"I am Ok"라는 문장이 LED 조명으로 점멸하는 「나는 괜찮아」(2014)는, 괜찮지 않은데 자신은 괜찮다고 말하는 사람, 결코 괜찮을 수 없는데 괜찮다고 믿는 사람을 빗댄 작업이다. 세월호 이후 한국 사회에 대해, 우리가 어떻게 괜찮을 수 있느냐고, '나는 괜찮다'고 말하는 무수한 '나'들에게 묻는 역설의 진술이다. 그것은 또한 희생자들이 우리에게 보내는 희미한 구조 요청일 수 있다. 또는 우리를 위로하는 메시지, 다 지나갔고 더는 돌이킬 수 없으니 이제 그만 자신들을 걱정하지 말라고, 울지 말라고, 내려놓고 당신들의 삶을 살라고 그들이 밤하늘에 별의 형상으로 써놓은 안부의 말일 수 있다.

4월의 별 자리

우리는 왜 실패했는가? 이것은 세월호에서 내가 끌어 올릴
수 있었던 첫 번째 질문이었다. 모든 일이 잘되고 있고
앞으로도 잘될 거라는 낙관주의와 자부심, 안도감이
지배하던 2010년대의 한국이 순식간에 본래의 모습을 온
천하에 드러낸 이 어이없는 재난 앞에서 실패의 원인을
알아야 했다. 나사가 풀린 채, 중요한 부속이 빠진 채 질주해
온 한국 사회 전체를 돌아봐야 했다. 빨리 달리는 경쟁에서
이기기 위해 우리는 무거운 과거의 짐들을 벗어던졌고,
버려지고 낙오되는 자들의 비명을 외면했다. 더 잘 살기
위해서 삶을 포기하는 역설을 당연한 것으로 받아들였다.
그렇게 우리는 실패했고, 실패한 원인을 알았지만, 지금도
실패하고 있고, 내일도 실패할 것이다. 멈춰 서서 우리가
지나온 갈림길들을 돌아보지 않기 때문에.

10대 청소년이던 그들이 이제 20대 후반의 청년이 되었을
10년의 시간 동안 세상은 변하지 않았다. 충격과 고통,
탄식과 자책 속에서 우리가 다짐했던 약속들은 지켜지지
않았다. 아무도 진심으로 뉘우치지 않았고 책임지지
않았다. 희생자를 오히려 비난하고 조롱하며 역사의 오점을
지우기에 몰두하는 동안 참사와 비극은 계속되고 있다.
세월호 10주기에 열리는 이번 전시는 의례적인 추모 행사에
머물 수 없다. 사람이 울면서 살 수는 없으나, 있던 일을
없었던 것으로 잊고 살 수도 없다. 그동안 무엇을 했느냐고
묻는 그들에게 무슨 말을 해줄 수 있을까. 그들의 희생이
헛되지 않았다고 말할 수 있을까? 아무것도 달라진 것이
없는데 그들에게 무슨 이야기를 해줄 수 있을까. 무슨
낯으로 그들 앞에 설 수 있을까.

공동체를 유지하는 힘은 거칠고 혹독한 환경에서 온다.
타인의 불운과 고통에 대한 공감에서 온다. 그리고
무엇보다도 우리 모두가 피할 수 없는 죽음과 망각의 운명을
공유하고 있다는 사실에서 온다. 상실과 슬픔이 공동체를
만든다. 존재의 불안과 불확실성 때문에 공동체가 생긴다.
공유할 슬픔도, 기쁨도, 불안도 없는 사람에게는 이웃도
공동체도 존재할 수 없다.

1. 촛불을 들고 있는 손이 어둠 속에서 빛난다. 이 손은
화면을 가로지르며 천천히 이동한다.
2. 다른 손 하나가 촛불을 넘겨받는다.
3. 이 과정이 무한 반복된다. 촛불이 꺼질 듯 흔들린다.

손에서 손으로 전해지는 촛불
흔들리다 꺼지고 다시 켜지는 빛
어둠을 뚫고 가물가물 이어지는 작은 길.

폭력과 부조리가 지배하는 세계에서 서정시는 죄악인가?
세상에 대한 분노 없이 예술을 하는 것은 잘못인가?
구체성 없는 보편성이란 공허한 것이라고 말할 때, 그
구체성이란 세계에 대한 직접적 반응, 저항과 비판을 뜻하는
것이었을까? 분노가 부족하거나 결여되어서 나는 서정적
감성에 경도되는 것인가? 절박한 삶을 외면하고 현실의
고통으로부터 도피하기 위해 나는 서정성을 추구하고
있는가? "얼어붙은 바다를 깨는 도끼"가 되지 못하고 값싼
위로에 머물고 있는 것인가?

프란츠 카프카는 친구인 막스 브로트에게 자신의 원고를
불태워달라고 했다. 페르난두 페소아도 자신의 글들을
발표하는 데 관심이 없었던 듯하다. 그들의 바람처럼 그
글들이 남김없이 사라졌다면, 그래서 우리가 「변신」도
「성」도 읽을 수 없었다면 어떠했을까. 페소아 같은 특별한
인생이 세상에 있었음을 우리가 알 수 없었다면 우리의
삶은 어떻게 달랐을까. 그들 없이도 세상은 굴러갔을 것이고
지금 우리가 보는 많은 것들이 그대로였을 것이다. 그럼에도
세상은 지금과 같지 않았을 것이다.

카프카의 유언처럼 그 책들을 태워서 재로 만들거나,
문장과 단어를 해체해서 원래 그것들이 있던 일상의 언어로
불가역적으로 되돌리는 상상을 해본다.

분서갱유, 나치의 분서, 독재 정권의 검열은 모두 같은
방향을 향하고 있다. 다른 생각들을 지우고 다르게 조합되는
언어를 금지하는 것이다.

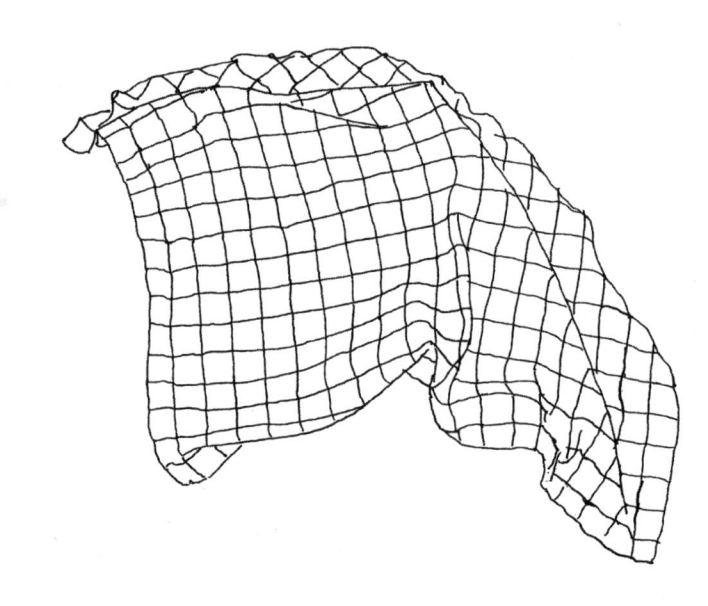

1. 손수건을 손가락으로 집어서 적당한 높이로 들어
올렸다가 탁자 위에 떨어뜨린다. 손수건은 자유낙하하는
동안 자신만의 형태를 취한다.

2. 탁자 위에 떨어진 손수건의 형태는 매번 다르다. 그
형태가 단 한 번이라도 똑같아지는 것은 불가능하고 만약
그런 일이 일어난다면 기적이라고 해야 할 것이다.

3. 나는 확률을 연구하는 학자처럼, 아니면 아무 할
일이 없는 인간처럼 이 일을 반복하고 그 결과를 일일이
기록한다. 사진을 찍고, 낙하점의 차이를 기록하고, 최종
형태의 윤곽을 스케치한다.

4. 번호를 매겨 나열한다. 세계는 결코 단순하지 않고 뜻대로
되지도 않는다. 이것이 삶의 조건이다.

어떤 문장 하나를 반복해서 쓴다. 단어 하나를 연속해서
발음하다 보면 단어의 뜻이 사라지듯이 문장은 의미를
잃고 추상적인 주문이 되거나 연속무늬가 된다. 복잡하게
구부러지고 분절되는 선들에 담겨 있던 문장의 의미는
증발하고 텅 빈 기표만 남는다. 했던 말을 되풀이하는
사람. 이미 여러 번 했던 공약을 끝없이 다시 내놓는 정치.
귀에 못이 박히도록 들어서 아무런 반응도 일으키지 않는
슬로건들의 문제는 그들이 결국 기호의 힘을 착취하거나
남용함으로써 언어를 무력화하고 대화와 담론을 공허하게
하는 데 있다. 진실이 언어를 떠나 허공을 배회할 때, 바람에
날아가고 흙 속에 묻힐 때, 언어를 가지고 할 수 있는
일이 무엇인가. 단 하나의 있을 법하지 않은 순간이 매일
되풀이되는 일상이 될 때, 무엇이 우리를 깨우는 '사건'이
되는가.

미술은 표현인가? 내면세계를 외부로 표출(aus-
drücken)하는 것이 미술이라고 한다면, 왜 미술가는
자신의 내면을 관객에게 내보여야 하는가? 관객은
어째서 미술가가 자기 내면의 은밀한 진실을 털어놓기를
기대하는가? 이런 기대에 부응한다는 것은 일종의 노출증이
아닌가? 왜 미술가가 자신의 개인적인 비밀, 감정, 집착이나
강박증, 고통스러운 기억, 취향 따위를 남들 앞에 드러내야
하는가? 작업의 결과로 그것들이 드러날 수는 있다 해도,
드러냄이 목표가 될 수 있는가? 그것이 미술이라면
미술가는 관음증의 대상인가? 포르노 배우가 벌거벗은
몸을 드러내듯, 미술가가 표현이라는 명분으로 벌거벗은
자신의 내면세계를 드러내는 것이 마치 미술가의 의무이자
미덕이자 특권인 것처럼 여겨지는 것은 왜인가? 세상에
단 하나뿐인 어떤 것이라는 희소가치를 미술가 개인의
특이하고 유일무이한 내면세계에서 찾기 때문이다. 그것은
근대의 산물이다. 여전히 미술계를 떠도는 천재 신화의
유령이다.

물론 나 역시 희귀하고 새롭고 다른 어떤 것을 추구한다.
나의 미술이 평범하고 진부한, 흔해 빠진 미술이 아니기를
원한다. 다른 작가들과는 다른, 나만 할 수 있는 미술을
원한다. 다만 그것을 자기표현에서가 아니라 관객에게
던지는 질문에서 찾는다는 점이 다를 뿐이다. 세상에
반응하는 방법과 태도의 다름을 나의 미술 작업의 근거로
삼는다. 다른 방식으로 세상을 보고 생각하고 이야기하는 것,
같은 이야기를 다른 형식으로 하는 것이 내 작업의 동기이자
동력이다. 이 미술의 출발점은 세상이지 개인의 내면이
아니다. 그것이 내 작업의 한계라면, 그래서 비인간적이고
반미술적이라는 비난을 들어야 한다면 어쩔 수 없는 일이다.
이런 작업을 하면서 그 작업이 많은 관객에게 지적인
질문일 뿐 아니라 마음을 움직이는 감동이 되기를 바란다면
과욕인가?

노르웨이 작가 칼 오베 크나우스고르가 「나의 투쟁」이라는
자전 소설에서 했듯이, 나는 지금 '나의 질문들'을 가능한
한 빠짐없이 기록하려 한다. '질문하는 사람'으로서 내가
40여 년에 걸쳐 던져온 질문들, 의문들을 돌아보는 이
일 자체가 또 하나의 질문이다. 나의 작가적 삶은 의미가
있었는가? 나의 질문들은 앞으로 어떤 것이 되어야 하는가?
시간이 지나고 보니, 많은 것들이 빛을 잃고 흔적 없이
잊힌다는 것을 늦게나마 알게 된다. 남들을 부러워하고
남몰래 속태웠던, 내게 없거나 내가 할 수 없거나 되려 해도
될 수 없어서 괴로워했던 많은 것들이 실은 아무것도 아닌
것이었음을 이제야 알게 된다. 스스로 책망하며 공연히
마음 졸인 나날들이 한심하고 부끄럽다. 한때 반짝이던 그
작가들은 다 어디론가 사라져 버렸다. 나 또한 같은 길을
가고 있지 않은지, 나의 시간 역시 지나가고 있지 않은지
걱정한다. 그러나 나는 이미 답을 알고 있다. 달이 자신의
행로를 갈 때 지구에 있는 누군가가 자신을 바라보고 있음을
의식하지 않듯이 나는 나의 궤도를 따라 가던 길을 갈
뿐이다. 내 뒤에 올 누구를, 누군가의 평가를 의식할 이유도,
여유도 없다.

습관은 무섭다. 욕실의 수건걸이를 세면대 뒤쪽에서 오른쪽 벽으로 옮겨 달았는데, 세수를 하고 나면 꼭 돌아서서 수건을 찾게 된다. 수건걸이를 옮겼다는 것은 이미 알고 있는 사실인데, 몸은 여전히 그 사실을 받아들이지 않고 전에 알던 곳에서 수건을 찾는다. 단순한 동작의 반복으로 몸에 밴 행동들처럼, 말을 하거나 생각을 할 때, 어떤 상황에 반응할 때도 습관의 지배를 받는다. 습관대로 움직이고 습관대로 생각하다가는 습관의 노예가 되고 관행과 규정에 순응하는 기계가 될 수밖에 없다. 그러니 예술가는 진보적일 수밖에 없다. 관습에 저항하는 것이 예술가의 본업이다.

나에게는 하나 이상의 영혼이 있다.

나 자신보다 많은 나들이 있다.

그럼에도 나는 존재한다.

―페르난두 페소아*

100년 전에 이런 생각을 한 사람이 있었다는 것이 놀랍다.
일관된 하나의 정체성이 아니라 상충하는 여러 개의
정체성을 인정함으로써 우리는 무엇을 얻고 무엇을 잃는가?
자유로움과 솔직함을 얻는 대신 확신과 명료함을 잃는다.

* 페르난두 페소아, 『시는 내가 홀로 있는 방식』, 김한민 옮김(서울: 민음사,
2018), 181.

나무는 일관성, 자신에 대한 엄격함을 버리고 형태가 되려는
의지를 내려놓는다. 수직으로 상승하는 대신 수평으로
확장한다. 자신을 미리 정해진 틀에 맞추지 않고 주어진
환경에 따라 변신한다. 무엇이 되려 하지 않고 생존 자체가
되려 한다.

역사적 시간이란 우리에게 주어진 시대이다. 역사의 편에 선다는 것은 변화하는 세계 속에서 변화에 동참하고 변화를 이끄는 것이었다. 20대에 나는 모더니스트가 되려 했고 30대에 나는 민주화의 역사에 동참하려 했다. 그 두 개의 '역사'는 각각 다른 역사처럼 보이지만, 실은 같은 것이었다. 80년대에 '현실과 발언'에 참여한 것은 70년대의 나 자신에 대한 부정이고 배반인 것처럼 보였다. 그러나 그 두 개의 역사를 하나로 통합함으로써 나의 내적인 모순을 극복하고 새로운 또 하나의 역사, 더 나은 역사를 앞당기는 것이 80년대 중반 이후 나의 소명이 되었다. 그러므로 나는 처음부터 지금까지 역사를 넘어선 존재가 되려는 꿈을 꾼 적이 없다. 내가 생각한 역사를 앞당기는 존재, 예언자이자 실천가로서 살고자 했다. 그런 의미에서 나는 보수주의자일 수 없었다. 나의 미술은 시대의 요구를 이행하는 수단이었지, 한 번도 역사를 넘어선 다른 목표를 가져본 적이 없었다. 그러나 과연 그랬을까? 다른 한편으로 시대의 의무와 필요를 넘어서려는 것이 내가 미술을 선택한 근본적인 동기가 아니었나? 실용적이고 현실적인 전공이 아닌 미술을 선택함으로써 나는 이미 그 시대를 넘어서려 했고, 그로 인해 세상에 아무 도움이 못 되는 존재가 되는 것을 부끄러워하기도 했기 때문이다. 그것이 더 큰 역사에 동참하는 것이라고, 비루한 현실의 역사를 넘어서 위대한 미술의 역사에 기여하는 것이라고, 소박하고 막연하게나마 믿었던 것이다. 그러므로 처음부터 지금까지 여러 차례의 변화와 우여곡절을 겪었으나 역사의 일부가 되려는 생각은 변한 적이 없었다. 지금 다시 내가 말하는 '역사를 넘어서는 존재'는 이러한 한계를 넘어서, 역사가 내게 요구하고 그 요구에 응답함으로써 나의 존재의 정당함을 얻는 관계를 청산하는 일이 되어야 할 것이다. 역사적 존재가 되려는

욕망을 내려놓고 역사로부터 사라지는 존재가 되는 것이다. 그것은 지금까지 한 번도 감행해 본 적이 없는 모험이다. 실패를 감수하면서 가장 멀고 낯선 곳으로 떠나는 길 없는 이 여정에서 나의 북극성이 있다면 그것은 무엇인가?

80년대 말 독일 유학 시절에 쓴 「악어 이야기」는 시대착오 또는 역사적 시차에 대한 문제의식의 결과였다.* 20년 전에 이미 68혁명을 경험한 유럽인들과 이제 막 민주화 투쟁을 시작한 한국에서 온 나 사이에는 지리적 시차를 넘어서는 역사적 시차가 있었고, 나는 독일에서 시대착오자가 되어 있었다. 2차 세계대전이 끝난 줄도 모르고 수십 년간 밀림에 숨어 평생을 보낸 어느 일본 군인의 이야기는 당시 나의 처지와 다르지 않아 보였다. 68혁명의 성공과 실패 이후에 무슨 일들이 있었는지를 알아야 했고 그 시차를 극복해야만 했다. 그들의 동시대에 적응하지 못한 채 이방인으로 머물 수는 없었다. 「악어 이야기」는 당시의 나 자신에 대한 우화였다. 카프카의 「학술원에 드리는 보고」의 영향이 짙게 깔린 이 이야기는 야생의 악어가 도시로 나와 문명사회의 일원이 되고, 정체성을 잃어버린 다른 악어들을 만나고, 결국 스스로 목숨을 끊는 비극이다. 여기서 나는 목숨처럼 지키려 했던 정체성을 내려놓고, 이제까지와는 다른 존재로, 날씨나 소문 같은 존재로 부활하리라는 다짐을 하고 있다.

* 문명사회에 적응해 가는 악어들을 유학 당시 자신의 처지에 빗대 드로잉과 글로 구성한 연작으로 다음 책에 처음 수록되었다. 안규철,『모든 것이면서 아무것도 아닌 것』(서울: 워크룸 프레스, 2014), 177, 425-429, 436, 503, 521 참조.

상자 A, B, C가 있고, 자물쇠 A, B, C가 있고
열쇠 A, B, C가 있다. 상자 A의 자물쇠 A는
잠겨있고 열쇠 A는 상자 B 안에 있고, 상자 B의
자물쇠 B는 잠겨있고 열쇠 B는 상자 C 안에 있고,
상자 C의 자물쇠 C는 잠겨있고 열쇠 C는 D가
가져갔다. 그러나 D는 열쇠 C가 상자 A 안에
있다고 주장한다.

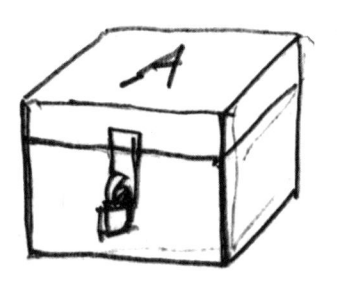
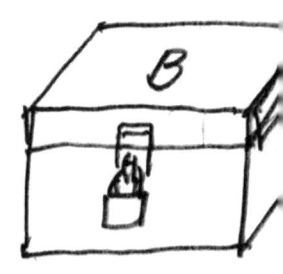

베개 위에서 멋진 꿈을 얻고
모자 아래서 기억을 보존한다.
모자는 기억을 위한 것이다.
베개는 망각을 위한 것이다.

상자는 열리지 않는다.
자물쇠는 열쇠에 대해 침묵한다.
열쇠가 상자 속에 있고
상자는 그것이 상자의 비밀임을 털어놓지 않는다.
상자는 자기 일을 하고
자물쇠도 자기 일을 한다.
열쇠도 자기 일을 한다.
모두가 자기 일을 하고,
아무 일도 일어나지 않는다.

온갖 손잡이들로 가공되는 세계
손으로 붙잡는 부분은 보이는데
그 도구가 세상에 행하는 일은 보이지 않는다.

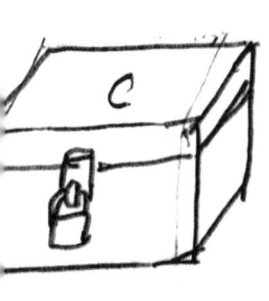

착각은 수많은 오류와 실패의 원인이다. 전통적인 코미디의 주인공들은 터무니없는 착각에 빠진 자신의 어리석음을 과장해 드러냄으로써 관객의 웃음을 끌어낸다. 그들은 누구나 알 수 있는 사태를 모르는 채, 엉뚱한 오해와 잘못된 판단으로 실수와 실패를 자초한다. 그들을 보며 우리는 웃지만 착각은 누구도 피해 갈 수 없다. 태양이 지구 주위를 돈다는 수천 년간의 집단적 착각으로부터 미술의 본질을 찾기 위해 본질이 아니라고 여겨진 모든 것을 제거하려 했던 모더니즘 미술의 착각, 베를린장벽의 붕괴를 역사의 종말이라고 선언했던 착각에 이르는 온갖 착각들을 우리는 기억하고 있다. 시간이 지난 뒤에야 착각이었음을 알게 되고 후회하는 우리가 과연 의도적으로 착각을 연출하며 스스로를 어릿광대로 내세우는 코미디언들보다 낫다고 할 수 있는가. 내가 남보다 못하다는 착각, 특별하다는 착각, 내일 세상이 끝날 거라는 착각, 영원히 이 삶이 지속되고 기억되리라는 착각, 불안과 증오, 잘못된 신념과 자기 합리화의 근원이 되는 착각.

미술은 질문이 아니라 독백이거나 내면의 기록이거나 증언일 수 있다. 그러나 증언이라면 나는 무엇을 증언할 수 있는가. 증언할 가치가 있는 그 어떤 진실을 내가 갖고 있는가. 내면의 기록이라면 기록할 가치가 있는 내 안의 그 무엇을 내가 갖고 있는가. 그렇다 하더라도 무엇을 위하여 그것을 끄집어내 남들 앞에 낱낱이 드러내 보여야 하는가? 아니, 그런 대단한 내면이라는 것이 나에게 있는가? 자극에 반응하고 끊임없이 변하는 하나의 체계이면서 취향과 집착과 거부반응의 집합체일 뿐인 내면, 그것만이 유일한 진실이기 때문에? 그것만이 아직 드러나지 않은 미지의 영역이기 때문에? 그럼으로써 나와 타인의 '만남'이 가능해지기 때문에? 독백이라면, 사적이고 무의식적인, 자동기술적으로 표출되는 어떤 것이라면, 나는 왜 그 독백이 타인에게 이해될 수 있을지를, 의미로 전달될지를 의식해야 하는가?

사랑은 내 작업의 주제 중 하나다. 초기작인 「망치의 사랑」(1991)으로부터 2015년 전시 『안 보이는 사랑의 나라』에 이르기까지 여러 번 등장하였으나, 그 사랑은 어긋난 사랑이거나 아예 보이지 않는 사랑이었고, 뒤집힌 사랑이었다. 예외가 있다면 사랑의 바다를 노 저어 가는 드로잉, 나무의 나이테가 사랑이라는 단어로부터 자라는 드로잉 정도를 들 수 있을 것이다. 사랑이라는 가치를 역설로써 드러내고 회복시키려는 생각. 사랑이라는 말로 억압과 폭력을 정당화하는 사회에 대한 비판이 이 작업들의 주제라고 할 수 있다. 나는 우리의 삶을 지탱하는 몇 안 되는 가치들의 타락과 오염을 드러내고, 이를 방관하는 우리의 자기기만을 비판하는 것이 작가의 소명이라고 믿었다. 병들고 망가진 사랑, 부재하는 사랑을 다룸으로써 다시 온전한 사랑을 그리워하게 되기를 바랐다. 그러나 그것은 여전히 유효한 믿음인가?

*elovelovelovelove
velovelovelovelovelove
lovelovelovelovelove
lovelovelovelovelove
elovelovelovelovelove
ovelovelovelovelovelove
lovelovelovelovelovelove
ovelovelovelovelovelove*

2021 AHN

하루를 시작하는 아침에 무작위로 눈에 띄는 사물 하나를
정한다. 그 사물에 대해 떠올릴 수 있는 모든 생각을 글로
적어본다. 그것들이 어떤 상태에 있는지, 어디서 왔고,
어디에 속하며, 무슨 일을 하는지. 그 앞에 놓인 미래, 그들의
운명은 어떤 것인지, 왜 지금 여기에 그것들이 있는지,
그들이 없으면 무엇이 달라지는지, 그들과 나는 어떤
관계에 있는지, 그들은 주위의 다른 사물들과 어떤 관계에
있는지, 이 일상적인 관계가 교란되거나 역전되면 어떻게
되는지. 누군가가 만들어냈거나 누군가의 흔적이 남아 있는
사물이라면, 그것들을 만든 사람은 왜 어떻게 그것들을
만들었는지, 흔적을 남긴 채 부재하는 그 사람은 어떤
사람이었는지, 그것들을 필요로 하는 세상은 어떤 세상인지.
가장 가깝고 사소한 사물로부터 가장 멀고 큰 세계에 대한
탐사. 평범한 일상의 지평을 넘어 보이지 않는 세계의
비밀을 찾아 떠나는 여정. 구겨진 한 장의 종이, 유리잔에
남은 한 모금의 물이 세상 밖으로의 출구가 된다.

50년 전에 같은 과였던 친구가 근래에 그림을 다시
시작했는데 무엇을 그릴지 막막하다고 조언을 구한다.
학교에서 학생들에게서 자주 들었던 고민이다. 상투적인
답변이지만 가까운 데서 찾으라고, 작고 사소한 것에 주목해
보라고 했다. 무엇이 되었든 시작하고 시도하는 것이
중요하다고, 결국 나중에 모두 쓰레기가 될지라도 지금
쓰레기를 만들까 걱정하며 아무것도 하지 않는 것보다는
낫다고, 나도 매일 똑같은 고민으로 하루를 시작한다고
말해준다. 사실 나는 더 심각한 고민을 한다고, 지금까지
해온 것을 되풀이해서도 안 되고 그것보다 못한 것을 해서도
안 되는, 타인의 시선과 스스로의 검열에 시달리고 있다고
털어놓을까 잠시 생각하다가 그만두었다. 그 친구에게 이런
얘기야말로 엄살로 들릴 것이다. 그러나 이것은 진실이다.
스스로 쌓은 성에 갇힌 중견작가의 현실이다.

대학 시절 나의 선생님들은 말씀이 거의 없었다. 그분들은 예술은 원래 가르칠 수 없는 것이고, 가르치지 않는 것이야말로 가장 좋은 교육이라고 진심으로 믿었던 것 같다. 선생님들이 가르치지 않았기 때문에 우리는 스스로 배워야 했다. 50년 전에 나는 그분들이 가르칠 것이 없거나 가르치고 싶지 않거나 어떻게 가르쳐야 할지 모르는데, 차마 그렇다고 말할 수 없기 때문에 그러는 거라고 생각했다. 수업에서 선생님들은 말을 아꼈고 학생들과의 대화는 종종 무언의 눈빛과 표정만으로 이루어졌다. 잘된 작품과 그렇지 않은 작품, 좋은 학생과 나쁜 학생을 구분하기는 했지만 왜 그런지를 세세히 설명하는 경우는 드물었다. 더러 선승들이 화두를 던지듯 불쑥 철학적인 질문을 던질 때도 있었으나, 그때마다 긴 침묵이 이어졌을 뿐, 그 질문에 답을 해주는 법은 없었다. 묵언 수행에 가까운 이런 수업을 통해서 우리는 작가는 작품으로 말할 뿐이며, 좋은 작가는 말을 많이 하지 않는다는 것을 배웠다. 말이 많은 것은 작품이 신통치 않기 때문이었다. 물론 그처럼 과묵한 작가들도 전시를 하거나 도록을 만들 때는 작품에 대한 말이나 글이 필요했는데, 그 일을 작가 자신이 나서서 하기보다는 미술 평론가나 이론가에게 맡기는 것을 선호했다. 중이 제 머리를 깎지 않듯이 자기 작업을 스스로 설명하는 것이 민망해서였는지, 아니면 글쓰기를 작업과는 별개의 과정이라고 여겨서였는지는 알 수 없다. 창작과 비평은 칸막이로 엄격히 구분되어 있었고, 좋은 미술가는 모쪼록 언어를 절제하고 경계하는 사람이었다.

대학에서 학생을 가르치면서 나는 말이 많은 선생이 되었다. 학생들에게 자기 작업을 명확한 말과 글로 설명하라고 요구했고, 나 역시 학생 작품을 평가할 때 느낌이나 직관이

아닌 구체적인 이유와 근거를 들었다. 나는 학생들의 이야기를 듣는 사람이 되었고, 그 이야기에 대해 적절하고 유용한 논평을 제공하는 조언자가 되려 했다. 20여 년 동안 학교에서 내가 학생들에게 가르친 것은 결국 추상적이고 관념적인 용어가 아닌 일상의 언어로 작업의 내용과 형식을 이야기하는 방법이었다. '인간'이니 '문명'이니 하는 거대한 관념이나 어설픈 문학적 수사를 걷어내고 가전제품 사용 설명서처럼 건조하고 구체적인 일상의 언어로 작품을 설명할 것을 학생들에게 주문했다. 그것은 미술을 언어로 대체할 수 있다고 생각해서도 아니었고, 미술가를 문장가나 달변가로 만들기 위해서도 아니었다. 감각과 기법에 치우쳐 생각을 소홀히 하지 않도록 미술에서 추방되었던 언어를 회복하려 했을 뿐이다. 이런 교육이 실제로 어떤 성과를 냈는지는 알 수 없다. 그것이 나의 옛 선생님들의 교육보다 나았다고 확신할 수도 없다. 그분들이 침묵함으로써 학생 스스로 자신의 부족함을 깨닫고 스스로 배우게 했다면, 나는 학생들에게 말을 시킴으로써 같은 결과를 얻으려 했다고 할 수도 있겠다.

천재들은 자신의 작품을 말과 글로 설명할 필요가 없다. 그러나 예일대 교수 로버트 스토가 말했듯이 천재들은 미술대학에 올 필요가 없다. 미술대학은 천재가 아닌 사람들을 위한 것이다. 그들에게 묵언 수행으로 미술을 가르칠 수는 없다. 나는 방목이 아니라 치열한 토론과 혹독한 비판의 담금질이 필요하다고 생각한다. 그것이 아니라면 21세기에 미술대학이 있어야 할 이유가 과연 있는가.

폴란드 시인 비스와바 쉼보르스카는 '충분하다'는 말로
자신의 시적 여정이 끝을 향해 다가가고 있을 때의 소회를
밝혔다. 그러나 나는 아직 충분하지 않다. 많은 질문들을
해왔으나 여전히 했어야 하는 질문들이 빠져 있다는
생각을 지울 수 없고, 아직 하지 않은 질문이 없는지,
무의식적으로든 의도적으로든 어떤 질문들을 방치함으로써
작가적 한계를 스스로 받아들였던 것은 아닌지 자문하고
있다. 이것은 회고적이고 자기 성찰적인 과정이다.
이 과정을 통해서 새로운 가능성과 미지의 영역을 탐사하고
작가적 확장을 모색한다고 말할 수 있다. 그러나 나는
이러한 작가적 궤적을 하나의 일관된 선으로 스스로 규정할
수 없다. 오히려 여러 개의 동시다발적이고 서로 상충하는
시도들을 통해 하나로 규정될 수 없는 여러 명의 작가가
되기를 바랐다. 어제와 다른 오늘, 오늘과 다른 내일. 그렇게
더 나은 사람이 되기를 꿈꾸었다. 변화와 확장, 경계의
극복을 추구하면서 내가 다룬 주제들을 '충분하다'고 할 만큼
깊이 파고들었는가. 그렇지 않다. 아직 충분하지 않다.

11월에 아마도예술공간에서 열리는 전시 제목을 '안규철과 그 일당'이라고, 페소아식으로 정해본다. '12명의 안규철'은 어떨까?

III

뭔가 근사한 생각이 떠올랐는데 깜빡하는 사이에 잊어버렸다. 아무리 되짚어 봐도 아무것도 남아 있지 않다. 하루에도 몇 번씩 이런 일들이 일어나고, 매번 나 자신을 탓하지만 달라지는 것은 없다. 메모를 계속하는 게 그나마 한 방법이겠지만, 스쳐 지나간 그 생각들을 그렇게 스쳐 지나가도록 놔두는 방법도 있지 않을까. 혜성이 자신의 궤도를 따라 사라졌다가 다시 돌아오듯이 그 근사한 생각들도 언젠가는 내게 돌아오리라 믿는 것이다. 조바심과 자책으로 보낼 시간에 주위를 둘러보고 내가 놓친 것은 없는지 살피는 것이 나을 것이다. 그것들은 반드시 돌아온다. 그때를 위해 깨어 있는 맑은 눈이 필요할 뿐이다.

자연에서 채취한 재료로부터 불필요한 부분을 제거하면,
조각 작품이 된다.(대리석 – 파편 = 조각 작품, 혹은
대리석 = 조각 작품 + 파편) 그러나 이 진술에는 결함이 있다.
즉 자연에서 가져온 대리석에서 조각 작품으로 남을 부분과
파편으로 제거할 부분을 나누는 기준에 대해서도, 그런
선택과 배제를 의도하고 실행하는 조각가의 일에 대해서도
침묵하고 있기 때문이다. 만약 이 진술이 참이라면, 자연에서
채취한 모든 재료로부터 어떤 부분을 임의로 제거해도,
남겨지는 부분은 조각 작품이 되고, 그 선별과 제거에
소요되는 노동은 예술 행위가 되며, 그 행위를 하는 자는
조각가, 예술가가 될 것이다. 그리고 이 경우, 제거되는
파편과 작품의 지위는 얼마든지 바뀔 수 있다. 파편과
먼지가 작품으로 남고, 작품이던 것이 폐기물로 버려질 수
있다는 말이다. 미니멀리스트들은 재료에서 형태를
찾아내는 조형적 의지를 최소화하거나 배제함으로써
조각가가 없는 조각, 감각적이고 미적인 판단을 제거한
조각을 실행했다. 그들에게 자연은 교외나 원시림이 아니라
산업사회였다. 그들은 기존 조각의 관행에서 고려되지
않았던 것들에 주목하고 조각의 본질을 재정의하려 했다.
그들은 산업사회와 제조업이라는 새로운 자연에서 재료를
구했고, 조각가의 조형적 판단과 개입을 제한함으로써 기존
조각의 관행을 뒤집었다. 차가운 철판과 기하학적 도형들과,
도면에 충실한 기계적인 제작 방식으로 재료 자체, 새로운
산업적 자연에서 가져온 재료의 현전을 새로운 조각의
조건으로 정의했다. 그때까지 부수적인 요소였던 전시
공간과 관람자의 움직임이 조각 작품의 근본 조건으로
새롭게 고려되었다. 나에게 미니멀리즘은 양가적 의미로
다가왔다. 그 급진적인 태도, 그 명료한 구조와 압도적인
실체의 힘에 매료되었지만, 그 냉랭함과 물질성에 대해

거부감을 느꼈다. 80년대의 사회적 관심사와는 너무나
동떨어진 '서구' 사조로 여겼고, 무엇보다도 작가가
작품으로부터 '퇴장'하고, 작품을 공장에 주문해서
진행한다는 것을 받아들일 수 없었다. 90년대에 들어서야
나는 미니멀리즘에 대한 거부감을 내려놓을 수 있었다.
리처드 세라, 솔 르윗, 또는 로버트 모리스를 뒤늦게
받아들이는 데는 지도 교수였던 주세페 스파뇰로, 미하 울만
교수의 영향이 컸다.

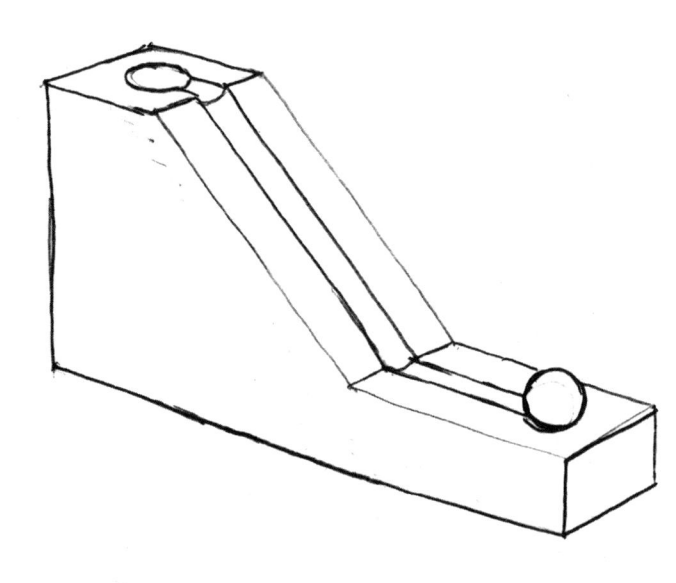

풍경이 풍경을 반성하지 않는 것처럼 (…)
절망은 끝까지 그 자신을 반성하지 않는다
(김수영, 絕望. '65.8)

눈앞에 있던 신록의 푸른빛이, 멀어질수록 먼 산의 흐린 청회색으로 변하는 과정을 사진으로 기록한 「잎」이 나의 최초의 작업이었다면 비 온 날 마당에 고인 웅덩이에 비친 실루엣이 물이 빠지면서 서서히, 그리고 끝내 사라지는 과정을 기록한 사진 작업이 그 뒤를 이었다. 대상과 작가 사이의 거리와 공간의 변화, 혹은 시간의 변화가 이미지에 어떻게 작용하는지를 다뤘던 작업이다. 산도 잎사귀도 인물도 그대로인데 푸른빛이 청회색으로 변하고 물웅덩이에 비친 인물의 실루엣이 속절없이 사라져 버린다. A가 B가 되고, 있던 것이 사라져 버리는 단순한 이 현상에서 마치 세계의 놀라운 비밀을 발견한 어린아이처럼 반응했던 것이 20대 청년이었던 나의 첫 작업이었다. 그러나 80년대를 거치며 그런 작업이 냉혹한 현실을 외면한다는 자책감에 시달렸고, 오랫동안 그것들을 포트폴리오에서 지웠다. 1980년 광주와 엄혹한 군사독재 아래서 자연의 낭만적 관찰자가 되려 했던 나 자신을 부끄러워했고 부정했다. 그러나 그것들이 미숙했던 젊은 날의 습작이었던 것만은 아닐 것이다. 세상을 바라보는 나의 관점과 미술가로서의 태도가 거기 있었고, 그것은 지금까지 내 작업에 남아 있기 때문이다.

봄이 오면 숲으로 가서 잎사귀 하나를 떼어서 그 숲이 먼 지평선 언저리의 회청색 얼룩으로 멀어질 때까지 걸어볼 것이다. 비가 오면 마당의 물웅덩이에 비치는 풍경이 서서히 사라지는 모습을 조용히 지켜볼 것이다. 세상의 다른 모든 일들을 제쳐놓고 잎사귀 하나, 물그림자 하나를 만날 것이다. 사라지는 것, 스쳐 지나가는 순간들을 지켜볼 것이다.

인물 초상 하나를 두 개의 캔버스에 나눠 그린다. 일정한
간격으로 수직, 수평, 또는 격자를 그어서 두 개의 캔버스에
이미지를, 정보를 정확히 일대일로 배분한다. 복제되는
캔버스의 수가 둘, 셋, 넷으로 늘어나면서 각 그림의
정보량은 2분의 1, 3분의 1, 4분의 1로 줄어들고 점차
모노크롬에 다가간다.

파울 첼란의 『누구도 아닌 이의 장미』를 인용해 이 그림에
'누구도 아닌 이의 초상'이라는 제목을 붙여본다. 그것은
60대 후반에 접어든 안규철의 사진에서 시작해서 추상적인
색면들의 점점 멀어져가는 배열, 아니 사라짐의 마지막
단계를 보여준다. 회색 머리칼이었고 검은 눈동자였고
온화한 듯하지만 깊은 실망과 분노를 감추고 있던
표정이었던 것이 돌이킬 수 없이 해체되어 허공에 흩어진다.
누구였던 것이 아무도 아닌 것으로, 누구도 아닌 것으로
변한다. 나의 모든 것이 담겨 있던 그 얼굴이 아무것도 아닌
얼룩이 된다. 이것은 다가올 소멸과 망각을 받아들이는
예행연습이고 그 마지막 빛을 붙들어두려는 필사의
몸부림일지 모른다. 다만 비장하지 않기를, 두려움에 질끈
눈을 감아버리지 않기를 바라는 몸짓이다.

인물 초상, 풍경, 역사적 사건의 이미지, 정치적 구호, 종교적 금언으로 이 작업을 확장해 볼 수 있다. 티끌 모아 태산이 아니라 통나무를 잘라 톱밥을 만드는 과정. 엔트로피에 저항하는 것이 아니라 순응하는 작업. 사라질 것을 사라지게 하는 작업. 사라짐을 오히려 재촉하는 작업. 기억하기보다 기억을 잊으라고 말하는 작업.

자화상만 그리는 화가처럼 미술 자체만을 주제로 작업하는
미술가를 상상해 보면, 분명한 것은 그렇게 낭비할 시간이
많지 않다는 것이다. 미술이 마땅히 어떠해야 한다는 생각이
있다면 그런 미술을 실천하는 것이, 그런 생각을 미술의
이름으로 말하는 것보다 훨씬 더 중요하다.

바퀴를 보면 굴리고 싶다는 어느 시인처럼 나는 돌멩이를 보면 집어던지고 싶었다. 벽을 보면 부딪혀 보고 싶었다. 벽을 쓰러뜨리거나 넘거나 우회해서라도 그 너머로 가고 싶었다. 그러나 넘어졌던 벽들은 어느새 새로운 벽이 되어 내 앞을 가로막고, 어딘가로 던졌던 돌멩이들은 내가 가는 길에서 나를 넘어뜨리는 돌부리가 된다. 어쩌면 나 자신이 누군가의 벽이 되고 걸림돌이 되었을 수도 있으리라. 사방에 벽들이 있고 때때로 나 또한 어느 벽에 기대어 영원히 그대로 머물 수 있기를 바란다는 것을 알게 될 때, 더 이상 돌멩이를 던지지 않고 벽을 허물고 싶지 않게 될 때, 내가 쌓은 벽, 내가 던진 돌들이, 만든 집들이 나중에 오는 이들의 벽이고 그들이 가는 길의 장애물임을 알아야 한다.

지나온 길들을 기억하지 못하기에 기록을 한다. 길 위에 있을 때에는 놓쳤던 풍경들이, 기록을 하는 동안 눈에 들어온다. 쓰기는 걷기의 동행이다.

소실점. 미술 수업에서 투시도법을 설명할 때 등장하는
이 말에는 생각해 볼 만한 여러 측면이 들어 있다. 물체가
멀어지다가 끝내 소실되는 점, 영원히 만날 수 없는
평행선이 만나는 점, 있는 것이 없는 것으로, 보이는 것이
보이지 않는 것으로 변하는 마법의 점이다. 이 점은 실제로
존재하지 않는, 우리가 풍경화를 그릴 때 임의로 정하는
가상의 점이다. 그림 속에서 그 점이 어디에 있는지를 알 수
있지만 실제로는 보이지 않는 점이다. 세상을 보는 사람의
눈높이에 따라 소실점이 상대적으로 멀리 찍힐 수도 있고
가까이에 찍힐 수도 있다. 높이 올라가면 시야가 넓어지고
멀리 있는 것들을 더 많이 볼 수 있다. 전망대, 탑, 비행기,
망원경, 등반과 여행은 모두 소실점을 향한, 소실점을
넘어 더 많은 것을 더 잘 보려는 노력의 산물이다. 더 멀리,
더 많이 보는 것이 전투의 승패를 가르기에 고지를 먼저
차지하고 정찰병을 보내고 군사위성을 띄운다. 그러나
지금은 소실점이 무의미한 시대, 멀리 있어도 볼 수 있고
직접 가지 않아도 만날 수 있는 시대이다. 그로 인해 더 많은
것들이 소실되는 시대이다.

CCTV의 시대, 감시하는 시선을 피할 수 없고 심지어 익명의 다수에게 개인의 삶을 노출하는 SNS와 유튜브의 시대. 책을 읽을 수 없게 된 사람들, 혼자 조용히 삶을 돌아볼 수 없게 된 사람들로 가득한 모바일의 시대. 소실점이 사라지는 대신 가까이에 많은 소실점들이 생기는 시대, 모든 것을 보게 된 대신, 아무것도 볼 수 없게 된 시대이다. 구멍이 숭숭 뚫린 에멘탈 치즈 같은 세상, 정작 보아야 할 것은 사각지대에 있고 볼 필요가 없는 것들이 시야를 점령해 버린 안개와 미로의 시대이다. 이런 풍경 속에서 지평선 너머, 무지개 너머를 계속 이야기할 수 있을까. 소실점 너머의 유토피아를 말할 수 있을까. 누가 그 말을 믿을까.

평행하는 두 개의 선이 사라지고 하나의 점으로
수렴되는(사귀는) 것, 만날 수 없는 두 개의 길이 만나는 것,
어디서나 볼 수 있는 기적이 소실점에서 일어난다.

일리야 카바코프는 가상의 인물을 만들어 그 이름으로 작품들을 발표했다. 소설가가 주인공을 내세워서 '그'의 말과 행동을 통해 자신이 하고 싶은 이야기를 하는 것과 같은 방식이다. 소련 체제 아래에서 그는 어린이 도서 삽화가라는 공적인 역할 뒤에 숨어서 익명의 작가로 독창적이고 방대한 작품 세계를 만들어냈다. 베를린에서 그의 전시를 보기 전까지 나는 이렇게 3인칭 화법으로 작업하는 미술가의 사례를 알지 못했다. 미니멀리즘 작가들이 작품 제작을 공장 기술자들에게 공공연히 맡김으로써 미술 작품에서 개인적인 터치와 아우라를 제거하려 했을 때에도 최종적으로 작품이 전시될 때는 자기 이름표를 붙였다면, 카바코프는 아예 다른 사람의 이름으로 작업하고 다른 사람의 명의로 전시하고 다른 평론가의 이름으로 평론을 씀으로써 소련 당국의 검열을 피해 자신만의 미술계를 구축했다. 그의 작품에서 작가 자신이 뒤로 물러나고 제3의 인물이 작가의 자리를 대신하는 것은 작업에 대한 나의 생각에 중요한 영향을 주었다. 작가가 작품 속에 불변하는 상수로서 등장하지 않는 것, 가상의 대리인을 내세우고 작품의 연출자로 물러나는 것, 작가의 사라짐에 대해 주목하게 된 것이다. 르네 마그리트가 아마추어 화가나 삽화가의 흔하고 개성 없는 화풍 뒤에서 새로운 미술의 가능성을 열었던 것과 카바코프의 작업 사이에는 공통점이 있다. 작가는 무대 뒤로 사라지고 제3의 가상의 인물이 작가 대신 그림을 그리고 강박적인 수집에 몰두하고 비현실적인 공상을 실현한다. 작가는 배우들을 작품에 등장시켜 이야기를 구성하는 연출자가 된다. '작가=작품'의 관계, 이 오래된 미술의 전형적인 도식에서 벗어남으로써 작가는 여러 명의 다른 작가가 되는 자유를 얻는다. 「그 남자의 가방」(1993)은 이런 가능성을 실험한 첫 작품으로 의미가 있다. 이 이야기를 쓴 사람도 나였고,

문제의 가방을 만드는 것도 나였지만, 나는 그것을 이야기 속의 '그'가 쓰고 그린 것이라고, 가방은 이야기 속의 또 다른 '그'가 가져온 것이라고 주장한다.* 그렇게 제3의 인물들이 작가의 자리를 차지했다.

---

* 11점의 드로잉과 글, 그리고 날개 모양의 가방으로 구성된 「그 남자의 가방」에서 이야기 속 '나'는 낯선 남자로부터 날개 모양의 가방 하나를 맡게 된다. 이야기에 따르면 남자의 날개가 들어 있는 그 가방은 전시장에서 실재하는 사물로 관객에게 제시되었다.

잡담으로 채워진 세계에 침묵의 산책로를 내는 일. 상식이 통하지 않는, 매번 낯선 숲으로 통하는 문을 여는 일.

오늘날 말은 침묵에서 나오지 않고 타인들의 말에서,
말의 소음에서 생겨난다. (막스 피카르트, 침묵의 세계)

잡담이란 주어진 시간을 쓸데없는 수다로 낭비하는 일이다. 존재의 어색한 '침묵'을 대면하지 않기 위해 안 해도 되는 말을 쏟아냄으로써 공허를 채우고 근본적 질문을 회피하는 것이다. 사람과 사람 사이에 대화라는 수단으로 접점을 만들고 공유점을 찾기 위한 것이다. 혼자 있기가 어렵고 자기 존재의 이유를 혼자서는 찾을 수 없기에, 공허한 삶이라는 바다에서 익사하지 않기 위해 허우적거리는 필사적인 몸짓이다. 잡담으로 가득한 사회는 수상쩍은 사회이다. 해야 할 말을 숨기고 들을 수 없게 하기 때문이다. 말하기를 멈추는 것, 침묵은 잡담에 맞서는 방법이다. 어색한 정적은 잡담을 중단하고 자신을 돌아보라는 신호이다. 나는 내 글과 그림이 한가한 잡담이 아니기를, 차라리 어색한 침묵이기를 바란다. 어쩔 줄 모르는 순간을 대면하는 불편한 경험이기를 바란다. 그런데 지금 나의 작업은 그럴 만큼 강력한가. 말문을 막을 만한 침묵인가.

주저함, 망설임, 중얼거림. 그것들은 말과 침묵 사이, 생각과 행동 사이, 의지와 실천 사이에서의 떨림이다. A와 B 사이의 중간 지대, 형태와 형태 아닌 것 사이에서 진동하는 윤곽선, 아직 말이 되어 세상에 던져지지 않은 태아 상태의 말이 입안에 잠시 머무는 짧은 순간이다. 나는 선문답 같은 선배 작가들의 말을 믿을 수 없어서 명료한 발언을 추구했고 그럼으로써 모호한 중간 지대를 내 작업에서 추방하고자 했다. 명확한 설계도를 그리고 그 도면에 따라 한 치의 오차도 없이, '정확한 직각'으로 집을 지으려 했다. 지적인 게으름과 무능, 명확한 진술이 가져올 불편한 갈등의 회피를 비판함으로써 말할 수 없는 것에 침묵해야 하는 영역으로부터 미술을 끌어내려 했다. 후회는 없다. 다만 그러는 동안 내게 떠올랐던 수많은 생각들이 입안에서 맴돌다가 끝내 말이 되지 못한 채 잊히고 사라져 버리고 있었음을 뒤늦게 알게 되었다. 이제는 언어의 사다리를 버리고 이 회색 지대를 돌아볼 시간이다. 내가 하지 않았던 많은 질문들이 그곳에 있다.

슬픔과 불행은 어디에나 있고 그것을 대하는 의식도
어디에나 있다. 타인의 슬픔과 불행을 공유하고 기억하는
것은 공동체를 결속하고 유지하는 근본적인 동력이다.
그럴 수 없는 집단은 와해된, 겉보기에 멀쩡해도 내부가
붕괴된, 각자도생의 집단이다. 공감과 기억이 없다면 우리는
아무것도 아니다.

내 앞에는 여러 개의 HB연필, 색연필, 지우개, 펜이 있다. 그것들은 언젠가 내가 그중 하나를 집어 들어 노트 위에 몇 줄의 글을 쓸 때까지 미동도 없이 제자리를 지킨다. 어떤 것은 독일에서 왔고 어떤 것은 미국에서, 나머지는 대부분 중국에서 왔다. 어떤 것은 땅속 깊은 곳에서 왔고 어떤 것은 나무에서 왔다. 그것들은 나란히 누워서 언제까지든 그 기다림의 자세를 유지할 것이다. 그러나 그것들은 기다리는 것이 아니다. 내 손에 들려져서 뭐라도 한마디 종이 위에 쓰는 데 기쁜 마음으로 참여하기를 기다릴 것이라는 생각은 어린아이 같은 공상일 뿐이다. 그것들은 내가 무엇을 쓰든 못 쓰든, 자신들이 무슨 글을 쓰는 데 동원되든 아무 관심이 없다. 그저 그곳에 있을 뿐이고 어떤 상태가 되기를 바라거나 자신의 처지를 한탄하지 않는다. 그것들에게는 시급히 해결해야 할 문제가 아무것도 없다. 그것들이 넉넉히 내 앞에 있다는 것에 뿌듯한 안도감을 느끼든, 그런데도 뭔가 쓸 만한 생각이 떠오르지 않아서 초조함을 느끼든, 그것들은 아무 관심이 없다. 빈 종이 앞에서의 불안과 자책도, 한 페이지 가득 글 하나를 쓰고 느끼는 안도와 만족도 모두 나에게서만 일어나는 일이다. 그 많은 가능성들, 내 앞에 조용히 멈춰 있는 연필과 백지가 제공하는 공간들로 무엇을 할지를 정하는 것도 나 혼자만의 일이고 결과에 대한 책임도 나 혼자 져야 한다. 외로움도 내가 감당해야 한다. 연필이나 스케치북에게 도움을 기대하거나 실패의 책임을 물을 수 없다. 그것들은 각각 다른 세계, 다른 시간 속에 있다. 그것들은 나에게 자기들처럼 지내보라고, 애쓰지 말라고 속삭인다. 자신들처럼 지금 이대로를 받아들이고 내려놓으라고 한다. 연필들 앞에서 나는 매일 작가적 죽음의 가능성을 마주하고 있다.

진도 앞바다의 푸른 바다 그림. 저마다 모자이크 색종이에
단어나 문장을 적어서 정해진 위치에 건다. 수많은 말들로
덮인 바다 풍경이 만들어진다. 전체가 채워지면 새로운
색상의 모자이크 그림이 그 위에 덮인다. 반짝이는 수천
개의 빛. 푸른 바다. 저녁노을의 횡금빛 바다가 떠오른다.

어둠 속에서 손 하나가 촛불을 켜고 촛불은 주위를 밝히고
바람에 흔들리고 한순간에 깨진다. 칠흑 같은 어둠 속에서
다시 또 다른 촛불이 켜진다.

나의 글들은 무엇을 위한 것인가. 내가 선택한 일과 선택하지 않은 일, 하려는 일과 하지 않을 일이 정당함을 확인하고 주장하기 위한 것인가. 나의 일을 남들에게 또는 나 자신에게 설득하기 위한 것인가. 내가 하는 생각이 옳다는 것을 글로써 미리 검토하고 그 생각을 나의 것으로, 나의 고유한 영토로, 누구보다 먼저 내가 발견한 무인도로 선언하려는 것인가. 그러나 과연 미술이나 글이 옳아야만 하는가. 나 아닌 누구에게 승인을 받을 수 있어야 하는가. 누가 그 일의 옳고 그름을 판정하는가. 미술계니, 시대정신이니 하는 모호한 불특정 다수에게, 제도에게 내 미술의 가치를 주장하려고 내가 이 글을 쓰는가. 그렇다면 나는 여전히 누군가로부터 내게 부과된 과제로서 미술을 하고 있는가? 그렇지 않을 것이다. 나는 머릿속에 맴도는, 아직 의미로 뭉쳐지지 않은 생각들을 내 눈앞에 끌어내기 위해 이 글을 쓰고 있기 때문이다. 그것들을 나란히 펼쳐놓고 거기서 쓸 만한 생각들을 골라내기 위해 나는 글을 쓴다. 그것이 나의 일이라는 것을 아무도 내게 가르쳐주지 않았고, 그 일을 하지 않더라도 아무도 나를 비난하지 않을 것이다.

돌아보면 뒤늦게 유학을 간 독일에서, 수업 시간에 서툰 독일어로 토론에서 지지 않기 위해서 작업에 대한 생각을 글로 써 두기 시작했으므로, 이 글들의 시작은 적대적인 공격과 비판을 방어하기 위한 변론이었다고 할 수 있다. 그러나 그 과정에서 글쓰기에 다른 가능성이 있다는 것을 알았다. 자기 자신에 대한 질문, 세계와 삶에 대한 질문으로 나의 사유를 전진시키는 도구로서의 가능성이다. 그것은 배의 돛이나 노, 수레의 바퀴와 같다. 글은 어둠 속에서 길을 가기 위한 지팡이다. 나는 누구에게 평가받거나 인정받기 위해 글을 쓰고 미술을 하는 것이 아니다. 인정이든 평가든 그것은 이 일이 가져올 수 있는 부차적인 결과이지 내 삶이나 내 미술의 목표가 아니다. 그러니 변명하거나 방어하지 말라. 매일 조금씩 나은 사람이 되는 것만을 삶의 목표로 삼아야 한다.

근사한 이야기 하나가 꿈에서처럼 하늘에서 떨어지기를
바라는가. 그렇다면 매일 단어 하나라도 적어서 모으는
사소하고 기약 없는 일을 하는 사람이 되어야 한다.
글쓰기는 복권이 아니다.

매일 아침 주제 하나를 정해서 한두 페이지짜리 손바닥 글을 쓰고 나면, 오늘도 뭔가를 하는 것으로 하루를 시작했다는 기분이 든다. 그러면서 이 글들이 어디를 향해 가고 있는지, 과연 앞으로 나아가고 있는지 뒷걸음질을 치는지 제자리걸음인지를 알아봐야겠다는 생각이 든다. 그러려면 전체를 조망하는 시점이 필요하고, 그 글들이 지나온 궤적을 그린 지도 같은 것이 필요하다. 그래야 이 일이 공회전인지 헛수고인지 그저 자기 위안을 위한 주문에 불과한 것인지를 알 수 있을 것이다. 책을 쓰는 사람이 차례를 정해서 차곡차곡 원고를 채워가듯이 계획을 세워서 이 일을 할 수는 없는가.

즉흥적으로, 그날그날의 날씨처럼 변하는 주제를
따라나서는 이 글쓰기는 일기에 가깝다. 어떤 사물이나
주제가 손에 잡히는 대로 그것을 가능한 한 집중해서
관찰하고 기록하면서 그 이야기를 삶이라든지 세상사라든지
다른 일들에 대입해 보는 것, 작은 조약돌 하나를 통해
세계를 비춰보는 것이 이 글쓰기의 내적인 작동 방식이다.
그러니 그것들을 서둘러 분류해서 질서정연하고
일목요연하게 정리하려 하지 말자. 이 글들이 그리는
지도는 숲의 지도, 나뭇가지와 뿌리의 지도, 가다가 끊기는
길들로 가득한 미로의 지도가 될 것이다. 체계가 없다는 것,
목적지가 없는 방랑이라는 것을 스스로 받아들이고 무위의
자세로 이 일을 해보자. 그것이 공회전이었는지, 아무 결말
없는 잡담이었는지는 나중에 알게 될 것이다. 어쩌면 그
결과가 무엇이 되는지는 나와 상관없는 일일지도 모른다.

내가 그토록 오랫동안 실패를 작업의 주제로 삼게 된
것은 세상에 대한 실망 때문이었을 것이다. 세상이 마땅히
있어야 할 상태로 있지 않고 번번이 나의 믿음과 기대를
저버리는 데 대한 원망과 분노가 이런 식으로 표출되었을
것이다. 폭력이 사랑이 되고, 자유가 억압의 다른 이름이
되는 세상에 대한 실망과 분노가 아니었다면 이런 작업이
나오지는 않았을 것이다. 그런데 이런 반응이 한 작가의
일생을 지배하는 태도가 되는 동안 어째서 나는 그 반대의
가능성에 대해, 다른 대안에 대해 깊이 고민해 보지
않았을까. 실망과 분노를 그런 작업의 형태로 드러내는
것에 의미를 부여하고, 관객의 공감에 만족하며 더 이상
다른 방법을 찾지 않았던 것은 아닌가. 어리석고 부도덕한
어떤 집단에 의지해 작업의 정당성을 찾았던 것은 아닌가.
이 질문이야말로 가장 먼저 답해야 할 질문이다. '비판적인'
나의 작업은 과연 실천으로서 의미가 있는가. 세상을
변화시킬 의지와 힘이 그 안에 있는가.

내가 해온 질문들을 하나하나 되짚어 보는 이 과정에서 나는 마치 소풍 나온 아이들을 인솔하는 책임자처럼 하나도 빠짐없이 질문들의 목록을 적고, 그 질문들이 여전히 유효한 것인지를 물으려 한다. 나의 질문들은 무엇이었나로 시작해서 왜 그런 질문을 하게 되었고 그래서 얻은 답이 무엇인지, 그 질문들이 의미가 있었는지를 묻는 이 일은 과연 어떤 결과에 이를까. 문제는 내가 품었던 질문, 내가 해온 작업들 속에 담겨 있던 질문들의 완전한 목록을 만드는 것이 불가능에 가까운 일이라는 점이다. 기억이 불완전한 데다가 새로운 질문들이 계속 생겨나는 까닭이다. 과거의 질문들은 기억 저편으로 사라져 가고 새로운 질문들이 그 자리를 채운다. 중요한 질문들을 놓침으로써 완전한 목록을 만들려는 계획은 미완성으로 남고, 새로운 질문들이 생겨남으로써 이 계획이 애초에 잘못된 것이 아니었는지를 질문하게 된다. 질문에서 질문으로 이어지는 삶은 질문하지 않는 삶보다 나은가.

후배 작가의 전시 오프닝에 가서 세상 돌아가는 얘기를
듣다 보니 내가 너무 혼자 있었나 하는 생각이 들었다. 문득
집에서 글쓰고 작업실에 내려가서 일하는 것이 전부인 내가
무리에서 떨어져 나왔음을 확인하고 잠깐 의기소침해진다.
그러니까 이 글은 흔들리는 마음을 추스리기 위한 것이다.
이 삶은 내가 선택한 것이다. 졸업생들 전시를 보러 가는 것
외에 사회 활동이라고는 가끔 동창 모임이 전부인 은둔자의
삶. 매일 글 한 줄을 쓰든 그림을 붙들고 하루 종일 그렸다
지웠다 하든 누구도 간섭하지 않는 이 평화는 내가 오랫동안
기다려왔던 것이다. 그런데 이제 다시 무엇을 더 바라는가.
내가 얻은 이 자유로움을 헛되이 낭비하는 것은 어리석은
일이다.

IV

snowball

대리석을 깎아서 눈싸움에 쓰는 눈덩이를 사실적으로
만든다. 놀이와 장난이 치명적인 폭력으로 넘어가는 순간을
박제한다.

stone

아홉 개의 의자가 있다. 각각의 의자에서 일부분을 떼어
열 번째 의자를 만든다. 십시일반의 결과로, 불완전한 아홉
개의 의자가 있고 그들의 희생으로 태어난 열 번째 의자가
있다. 이 상황을 뒤집어서 이렇게 바꿀 수도 있다. 아홉 개의
의자가 열 번째 의자를 해체해서 각자의 몫으로 배당된
부분으로 원래의 부분을 대체한다. 그렇게 모인 아홉 개
의자의 부분들이 열 번째 의자를 이룬다. 자신들의 일부를
공유하는 이 행위에 의해 그들은 일종의 가족이 된다.

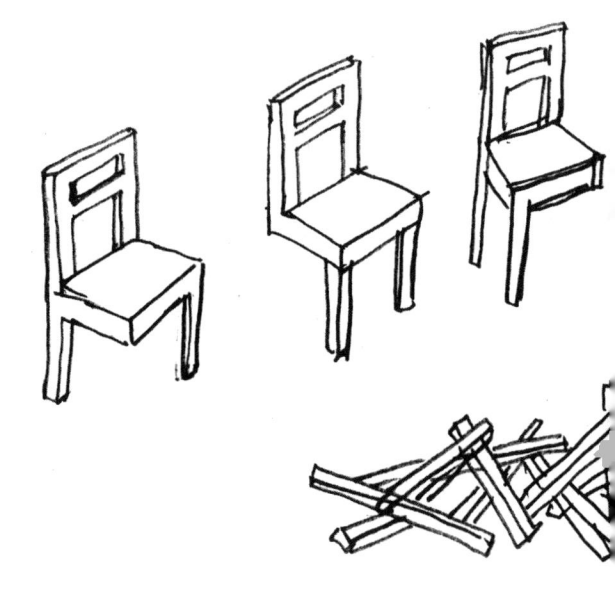

그때 우리는 몰랐다. 우리가 무엇을 내어주었는지. 우리는
우리가 갖고 있던 어느 한 곳을 떼어서 그것에 내어주었다.
기억이든 꿈이든 우리 몸에서 떨어져 나간 것들이 벽이
되었다. 그것들이 모여서 우리가 들어갈 수 없는 철책이
되었다. 상처는 잊혔고 이제는 우리가 무엇을 그것에
내어주었는지 아무도 기억하지 않는다. 고향이든 혈육이든
연인이든, 우리가 잊은 것, 버린 것, 우리에게 부재하는
것들이 우리가 모르는 세계를 만들었다. 망각이 빈자리의
주인이 되었다.

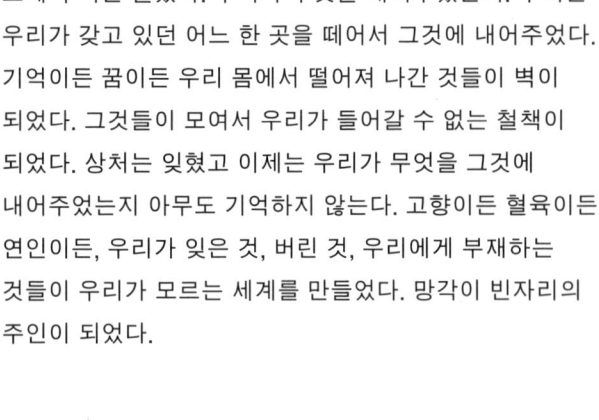

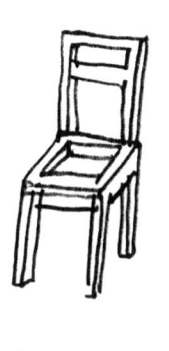

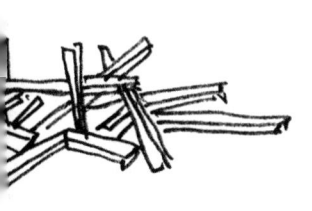

두 개의 공이 좌대 위에 놓여 있다. 둘은 똑같아 보이지만 하나는 진짜 공이고 다른 하나는 진짜를 보고 만든 가짜 공이다. 두 개의 돌멩이, 두 개의 나뭇가지, 두 권의 책이 거울처럼 마주 서서 마치 어느 쪽이 진짜인지 알아맞춰 보라는 듯 관객을 도발한다, '둘 중 하나는 가짜다' 정도면 제목으로 적당할 것이다.

두 개의 '똑같아 보이는 공'이 아니라 '똑같은 공'을 놓고 둘 중 하나는 가짜이니 찾아보라고 요구하는 도발은 어떤가.

두 개의 완벽하게 똑같은 방을 만든다. 둘 중 하나를 보면 나머지 하나는 보나 마나일 정도로 똑같다. 그러나 둘은 다른 방이다. 그것은 결코 같은 방이 아니다. 방에 놓여 있는 바위의 모양도 똑같다. 방 안에 걸린 거울과 그 안에 비친 나의 모습도 똑같다. 벽에 걸린 시계도 똑같은 시간을 가리킨다. 진짜와 가짜, 원본과 복제가 따로 없는, 둘 다 진짜이고 둘 다 가짜인 두 개의 공간이다. A에서 본 시간과 B에서 본 시간이 다르다는 것, 내가 동시에 두 곳에 있을 수 없다는 것, 그것만이 단서가 되는 완벽한 쌍둥이의 공간.

의자 하나를 해체해서 두 개를 만든다. 부실하지만 아직 의자로 사용할 수 있다. 그런데 그 숫자가 두 개가 아니라 열 개가 되면, 원래의 형태를 거의 알아볼 수 없고 앉을 수도 없는, 허울뿐인 의자가 될 것이다. 가까스로 의자로서의 체면을 유지하는 의자의 유령이다. 한때 의자였던 희미한 옛 기억의 그림자다. 단단한 의자의 실체가 공기와 섞이며 희석된다. 소멸은 사물의 운명이다.

25개의 방에는 60개의 문이 있다. 문의 앞뒷면은 모두 120개이고 그 위에 120개의 단어, 또는 120개의 문장이 쓰여 있다. 문에 적힌 단어들은 문 뒤에 있는 방이 어떤 방인지를 지시하는 일종의 약속이지만 실제로 그 문을 열었을 때 그 약속은 없던 일이 되고 또 다른 단어들이 등장한다. 이로써 25개의 방은 실현되지 않는 120개의 단어가 만드는 미로가 된다. 기대와 실망이 교차하는 말의 숲속에서 길을 잃고 방황하는 공회전의 공간, 반복되고 퇴행하는 역사의 트레드밀, 120개의 단어로 된 책.

너무나 쉬운 일을 가장 어렵고 장황하게 설명하는 사용 설명서, 순환 논리가 되고 마는 사전적 설명, 어리석음에 대해 분노한다면 웃으며 화를 낼 수 있다. 누가 봐도 뻔한 일을 80억 인간 중 어느 누구도 실천하지 못하는 무력한 세상에 대한 분노.

IKEA 사용설명서

불가능한 일을 쉬운 일처럼 설명하고, 쉬운 일을 대단한
일인 것처럼 현미경적인 디테일로 설명한다. 앞의 설명은
독자의 처지에서 보면 무관심한 자의 불친절한 설명이고,
뒤의 설명은 지나친 친절로 독자를 무시하는 설명이다. 어느
쪽이든 독자와의 관계에 문제가 있고 설명은 제 기능을 하기
어렵다. 이 사실을 뻔히 알면서도 짐짓 자신의 전문성을 이
일에서 찾기로 작정한 사람처럼 두 개의 과업을 선정하고
그 일을 진행하는 과정을 상세하고 정교하게 기술한다.

그렇다면 이제 과업을 정할 차례다. 현실에서 실현 불가능한
과제 하나. 그리고 너무 손쉬워서 누구나 할 수 있다고
믿을 수 있는 사소한 과제 하나를 신중히 고르는 것이다.
그런 다음 가장 객관적인 문장으로 그 과제의 실행 방법을
설명한다. 어떤 오해의 여지도 생겨나지 않도록 문장을
신중하게 고른다.

어떤 부류의 책에는 일러두기라는 이름의, 본문과는 별개의 설명이 붙어 있다. 표지와 목차를 넘기자마자 곧바로 본문 속으로 뛰어드는 독자에게 그렇게 이 책을 읽다가는 심각한 난관에 부딪힐 수 있다는 일종의 경고문이자 사용 설명서라 할 수 있다. 등산로 입구에 걸리는 플래카드, 이를테면 멧돼지가 출몰하니 조심하라거나 그래도 운 나쁘게 멧돼지를 만났을 때는 어떻게 하라는 친절한 안내문 같은 것이다. 미리 읽고 가더라도 실제로 멧돼지와 마주쳤을 때 이런 안내문이 별로 도움이 되지 않는다는 걸 등산객이든 담당 공무원이든 알고 있다. 만약의 불행한 사태에 대한 책임은 오로지 이 경고에도 불구하고 산에 오른 등산객에게 잊음을 분명히 하는 것이 이 안내문의 목적이다. 책을 읽다가 멧돼지를 만날 일은 없을 테지만, 일러두기는 책 속에 저자 또는 번역가가 임의로 집어넣은 약어라든가, 일반적이지 않은 방식으로 처리된 각주 따위의 함정에 빠진 독자가 불필요한 의문으로 시간을 낭비하지 않도록 하려는 배려의 산물이다. 내 글을 읽으려면 그 정도의 어려움은 감수해야 한다고 믿는 저자는 일러두기니, 저자 서문이니 하는 관례적인 인사치레 없이 곧바로 독자를 자신이 건설한 미로 속으로 밀어 넣을 것이다. 이해할 수 없어서 책을 읽다 말고 집어 던지려거든 얼마든지 던져도 좋다는 지적인 오만 때문에, 또는 본문에 모든 노력을 쏟아부은 결과 일러두기니 감상적인 후기니 하는 걸 쓸 여력이 없기 때문에 이런 일들이 일어난다. 그 결과, 아무런 사전 경고 없이 책에 발을 들였다가 얼마 못 가서 후회하며 되돌아 나오는 독자에게 그 책은 실패한 모험의 결과물로, 무모한 지적 사냥의 씁쓸한 패배를 진열하는 서가로 직행한다. 독자가 저자를 저주하고 자신의 지적 능력을 의심하게 만드는 이런 불행한 사태를 예방하기 위해 편집자들은 오랜

전통으로 이어져 온 '일러두기'라는 관행을 더 적극적으로 활용할 필요가 있다. 책의 난이도를 미리 알려주고, 몇 페이지쯤에 독서를 중단하게 만드는 난관들이 있는지, 그 난관을 어떻게 극복하면 좋은지 따위의 꼭 필요한 정보를 담는 것이다. 더러 친절하게도, 이 책은 처음부터 순서대로 읽을 필요 없고 중간의 어디서든 읽기 시작해도 상관없다는 너그러운 일러두기도 있기는 하나, 이 말을 중간중간 건너뛰고 읽으라는 뜻으로 받아들일 독자가 많다는 점에서 저자가 권유할 만한 말이라 할 수는 없다. 사실 얼마나 많은 사람들이 다 읽지 않은 책을 다 읽은 것처럼 남들 앞에서 떠벌리기를 좋아하는가.

처음부터 그러려고 했던 것은 아닌데 이 글은 일러두기에 대한 일러두기 같은 글이 되었다. 이쯤 쓰고 보니 정작 이 글의 일러두기를 끝내고 본문을 시작할 때가 되었다는 생각이 드는데, 한심하게도 내가 무슨 글을 쓰려던 것인지 기억나지 않는다. 그냥 일러두기에 대한 일러두기로 이 본문 없는 글을 마무리하는 것이 좋겠다. 이 글이 일러두기를 무시하는 무모한 독자와 일러둘 생각이 전혀 없는 불친절한 저자들에게 다가올 불행을 예고하는 일러두기였음을 밝힘으로써 정작 하려던 말은 시작도 하지 않고 글을 끝냈다는 오해를 피하고자 한다.

그림자를 따라서 걷기

매일 동쪽에서 해가 뜨고 서쪽으로 진다는 사실, 햇빛은
그림자를 만든다는 사실에 기대어 자신의 그림자가 매 순간
가리키는 방향으로 걷는다면 하루가 끝날 무렵 그 사람은
어디에 있게 될까. 출발 지점으로 돌아와 있을까, 아니면
집에서 멀리 떨어진 낯설고 험악한 곳에 도착해 있을까.
처음에는 서쪽을 향해 걷게 될 것이고, 점점 북쪽으로
방향을 틀다가 정오쯤에는 제자리걸음을 하게 될 것이고,
해 질 무렵에는 동쪽을 향해 걷게 될 것이다. 해시계의
그림자가 그리는 궤적에 걷는 사람의 보행속도를 대입하면
답을 얻을 수 있다. 이것을 미술 행위로 진지하게 수행하는
사람은 출발 지점으로 돌아오는 데 몇 년이 걸릴 수도 있다.
계산은 해봐야겠지만 히말라야 등반보다 위험하고 더
많은 장비와 체력이 요구되는 일이다. 아마 이 퍼포먼스는
응급실에서 끝나거나 경찰서에서 끝날 확률이 높다. 매일
같은 행위를 반복함으로써 무념무상의 경지에 이를 수
있고, 그 결과물이 예술이 될 수 있다는 것이 장점이지만,
날씨의 영향을 받고, 가정을 비롯한 세속의 일과 절연해야
하고, 도중에 어떤 불의의 사고를 당할지 모른다는 것,
무엇보다 집으로 돌아올 길을 끝내 잃어버릴 수 있다는
것은 이 퍼포먼스의 단점이다. 조각배를 타고 대서양으로
나아가는 것처럼 드라마틱하지는 않아도 결국 실종을
향하는 행위이며, 신화적인 인물이 되기에는 소심하고 겁
많은 예술가에게 어울리는 모험이다. 그것은 파트리크
쥐스킨트의 「좀머 씨 이야기」의 현실판이 될 것이다.

빗자루, 갈퀴, 삽, 사다리, 전지가위, 정원용 파라솔 따위의
평범하고 아무도 주목하지 않는 물건 몇 개를 골라서,
그럴듯하지만 읽으면 읽을수록 황당하고 부조리한 설명서를
작성한다. 이런 물건들을 찾아보면 끝이 없겠으나, 우선
정원용품으로 시작해 볼 수 있을 것이다. 그것들은 마당
한구석에 거의 있는 듯 없는 듯한 상태로, 있어도 그만
없어도 그만인 것처럼 방치되어 있는데, 그렇게 녹이 슬고
자루가 썩어서 원래의 기능을 못 하게 되더라도 누구 하나
안타까워하지 않을 물건들이다. 흔하게 구할 수 있는 값싼
도구들이지만 주말 농장이나 마당의 작은 텃밭이라도
가꾸지 않는 사람은 평생 써볼 일이 없는 물건들이다.
삽만 해도 농부나 건설 노동이 직업이 사람이 아니면 누가
제대로 쓸 줄 알겠는가. 설명서에는 삽의 구조, 올바른
사용법, 안전 수칙, 유의 사항 등이 누구나 이해할 수 있는
문장으로, 필요하면 그림을 곁들여서 작성될 것이다. 특히
일반인으로서는 알기 힘든 삽의 부작용과 위험성, 그 어두운
과거와 범죄와의 연루에 대해 상세히 밝혀야 한다. 비밀을
지키고 진실을 감추는 도구, 범죄자의 필수품이자 숨겨진
진실을 캐내는 도구, 전쟁터에서 매복과 은폐, 참호와 진지
구축에 쓰이고 전사자의 무덤을 파는 도구로서의 참혹한
과거에 대해 말해야 한다. 물론 그 모든 어두운 역사를 삽
때문이었다고 주장하는 것은 부당한 일이다. 다만 그것을
자신과 무관한 다른 세상의 물건인양 무관심과 무지로
대하는 것이 잘못임을 일깨워 줌으로써 이 설명서가
어리석은 작성자의 한가로운 농담이 아님을 독자가 깨닫게
할 필요가 있다.

사다리는 땅바닥에 발을 딛고 살도록 되어 있는 인간의
조건을 극복하기 위해 고안된 많은 발명품 중에서
상대적으로 오래된 고전적인 도구이다. 새처럼 하늘을 날 수
없는 인간이 자신의 시야를 넓히는 데 사용되는 이 도구는
구조가 간단하고 재료가 소박하며 일체의 군더더기가
없다는 점에서 미니멀리즘의 원조라 할 만하다. 그것은
중력을 거슬러 상승하려는 인간의 원초적 욕망을 구현하는
장치로서, 거슬러 올라가면 멀리 바벨탑과 피라미드,
에펠탑의 겸손한 친척이다. 사실 가정용으로 만들어진
사다리가 제공하는 높이는 고작 1-3미터이다. 하늘에
닿기는커녕 새들의 비행 고도에도 턱없이 못 미치는 높이다.
그러나 이 정도의 높이도 인간에게는 치명적일 수 있다.
사다리에서 추락함으로써 불구가 되거나 생을 마감하기에는
충분한 높이인 것이다. 사다리가 넘어지면서 사다리 위에
있는 사람이 거꾸로 곤두박질할 수 있고, 사다리가 제공하는
새로운 시야에 감탄하다가 균형을 잃고 추락할 수 있다.
추락을 유도하는 것은 말할 것도 없이 중력인데, 허락
없이 높이 올라간 자를 끌어내릴 때 자신의 힘을 유감없이
발휘함으로써 인간이 사다리를 가지고 감행하는 도전을
무자비하게 응징한다. 사다리 사용자에게 이 위험성을
사전에 알리지 않는 것은 범죄에 가깝다. 사다리를 만들어
파는 사람이나 사다리를 사용하는 사람이나 이 문제의
심각성을 외면함으로써 불행한 사태를 방치하고 자초한다.
그들이 이처럼 사다리의 치명적인 위험성을 대수롭지 않게
여기는 이유는 가정용으로 판매되는 사다리의 상대적으로
왜소한 규모 때문이다. 에펠탑이나 자유의 여신상 같은
유명한 사다리들에 비하면 그것은 어린아이 장난감 수준의
난쟁이에 불과하다. 그러나 바로 여기에 위험이 숨어 있다.
그것은 먹이를 사냥하는 맹수처럼 방심한 사람을 불의의

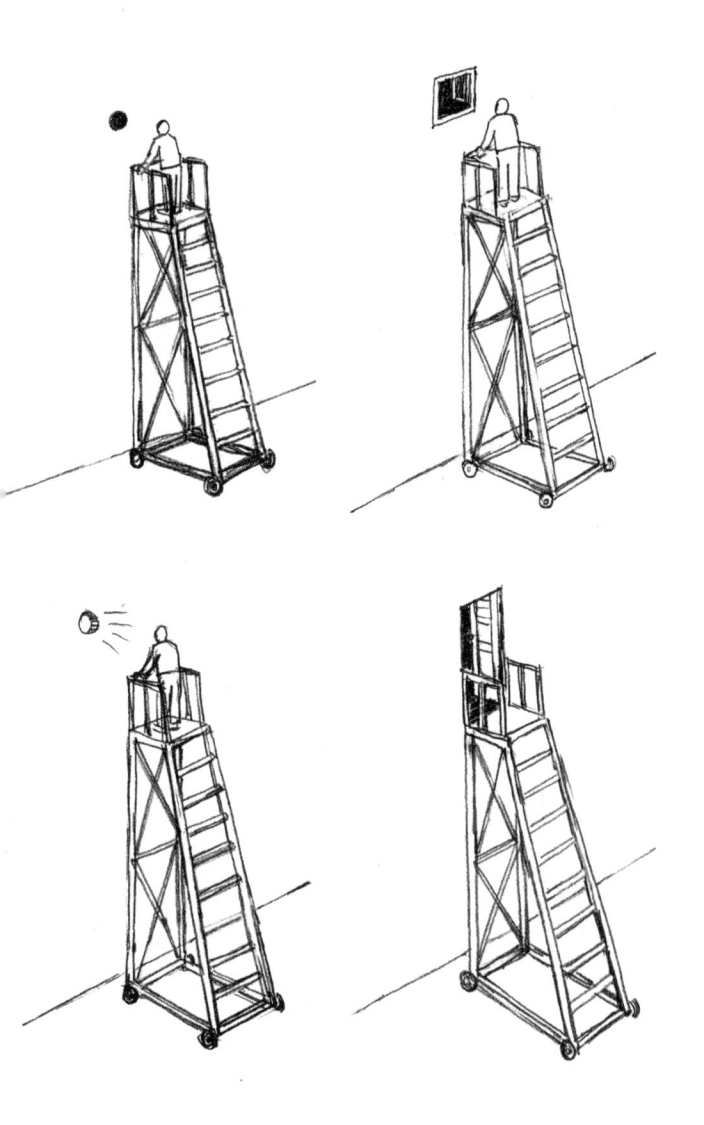

순간에 공격한다. 골절이나 탈구, 찰과상 정도에 그치기도 하지만 인생으로부터 영원히 퇴장을 당하는 경우도 적지 않다. 그런 참사가 일어날 경우에 그 책임은 사다리가 아니라 사다리에 올라간 사람이 온전히 지게 된다. 추락 사고의 책임을 사다리나 사다리 제작자에게 물을 수 없다. 개가 행인을 공격해서 죽음에 이르게 할 경우 개를 안락사시키고 견주의 과실을 처벌할 수 있으나, 사다리의 경우는 사다리에게도, 그 배후에 있는 중력에게도 손해 배상을 요구할 수 없다. 사다리가 중력을 거스르는 도구라는 점을 잊지 말고 사다리에 오를 때는 자신이 중력에 대해 위험한 싸움을 걸고 있음을 명심해야 한다.

평균적인 크기의 텃밭을 가꾸면서 손수레가 꼭 필요한
것은 아닐 텐데, 막연히 그래야 할 것 같아서 손수레를 충동
구매하고는 딱히 사용할 일이 없어서 후회하는 이들을 위한
지침.

질문에 관한 글을 쓰기로 했는데 얼마 전부터 조금씩 방향이
어긋나고 있다는 생각이 든다. 길을 잃고 엉뚱한 데서
헤매기 전에 점검해 볼 필요가 있다. 세상의 어리석음에
대한 분노 때문에 가장 어리석은 사용 설명서를 작성하기로
한 데까지는 괜찮았다. 세상 사람들이 다 안다고 생각하는
도구들을 객관적이고도 장황하게 설명하기로 했는데, 이
설명이라는 것이 과도하게 농담과 유머를 추구하는 바람에
이런 문제의식이 생겼다. 왜 유머러스하기를 바라는가?
어떤 주장을 아무리 반복해도 들은 체도 않는 관객들을
붙잡기 위해서? 재치 있는 농담을 과시하고 그 효과를
알아보기 위해서? 아니면 세상에 대한 실망을 반어적으로
표현하기 위해서? 아마 세 번째가 가장 가까운 답일 것이다.
그렇다면 중요한 것은 이 유머의 수준이다. 그것이 충분히
유머러스한가? 블랙 유머라면 충분히 쓰디쓴가? 그렇지
않다면 무엇을 보완해야 하는가?

작품 앞에서 길어야 30초 이상을 머물 수 없는 관객들을
붙잡고 말과 글을 늘어놓는 것은 헛수고임이 분명하다.
그런데 나는 어째서 이 일을 내려놓을 수 없는가. 관객이
이렇게 된 것은 미술의 오랜 관행 탓이기도 하고 요즘의
넘쳐나는 감각적 유흥 탓이기도 하다. 멈출 생각이 없는
관객에게, 멈춰야 보이는 것을 보여줌으로써 관객의 기대를
저버리고 소통에 실패하는 미술 작품으로 나는 세상에
이의를 제기하고 감각적 자극의 범람을 비판하고 사유의
힘을 회복시키려 한다고 말해왔다. '사유'라는 말이 까마득한
옛말처럼 낯설어진 시대에 이것은 승산 없는 싸움이지만
내가 선택한 길이다. 나는 돈키호테를 이해할 수 있을 것
같다. 그도 나를 이해할 것이다.

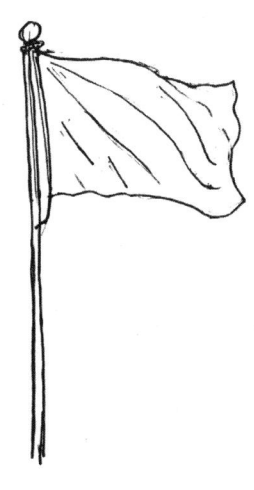
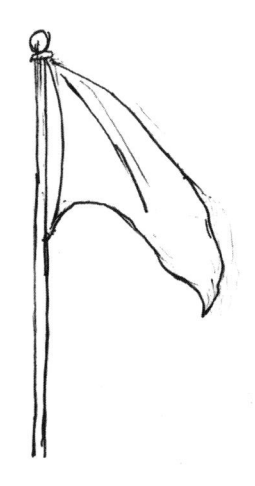

세 개의 깃발
세 개의 바람

바람은 바람에 대해서만 말하지.

(…)

지나가도 자취를 남기지 않는 새의 비행을.

새는 지나가고 잊는다, 그리고 그래야만 한다.

(…)

지나가라, 새여, 지나가라, 그리고 내게 지나가는 법을
가르쳐다오!

—페르난두 페소아, 「양 떼를 지키는 사람」 중에서*

* 페르난두 페소아, 『시는 내가 홀로 있는 방식』, 김한민 옮김(서울: 민음사,
2018), 51, 83.

인류가 태양의 영향이 미치지 않는 곳까지 우주선을
보내는 데 40년 가까운 세월이 걸렸다. 우리가 어디에
있는지를 알아보는 것이 보이저 탐사선의 목적 중 하나였고
성공적으로 임무를 마쳤지만 마냥 기뻐할 일이 아니다.
태양계를 벗어나 다른 별을 찾아간다는 것이 불가능한
일이라는 것, 한 인간이 자신의 전 생애를 바쳐도 이룰
수 없는 일이라는 것을 확인하고 받아들일 수밖에 없기
때문이다. 우리가 지구를 포함하는 여러 행성들을 거느리는
태양의 영향에서 벗어나기 어려운 것처럼, 인간은 자신을
지배하는 관념과 욕망으로부터 자유로워지기 어렵다. 우리
자신을 끌어당기는 관념의 중력과 정해진 궤도의 영향을
벗어나는 데도 40년 이상의 시간이 걸릴 것이다. 뼛속에
새겨진 관념으로 한평생을 살아가는 인간이 변하기가
이처럼 어려운데 세상을 바꾸는 일이 쉬울 리 없다. 전쟁을
그만하고 환경을 보호하는 일이 아무리 긴급하다 해도
대부분 들은 척도 않는다. 당장 해야 할 이 일들이 태양계를
벗어나는 일처럼 어렵고 두렵게 여겨지기 때문이다. 미술로
세상을 변화시키겠다는 꿈과 역사의 편에 선다는 믿음으로
미술을 시작한 지 50년이 흐른 지금, 나는 어디에 있는가.
아직도 벗어나야 할 관념과 관성 속에 있는가, 아니면
어디에도 속하지 않는 무중력의 우주 공간을 떠도는 중인가.
세상과의 교신이 끊기지 않았고 배터리가 남아 있다면 다시
가던 길을 가야 한다. 공회전을 하고 있는지, 제자리걸음을
하고 있는지 점검해야 한다.

바람은 눈에 보이지 않고 지나간 뒤에는 종적 없이 사라지기 때문에 그 자체를 그릴 수 없다. 바람으로 인해 흔들리는 다른 사물의 모습을 통해서 간접적으로만 그릴 수 있다. 나무나 깃발, 쓰러진 가로수를 그림으로써 보이지 않는 그 존재의 흔적을 그리는 것이다. 은유, 환유, 직유 따위의 비유법이 이와 비슷하다. 이런 관행을 벗어나서 바람을 그리는 방법이 없는지 생각해 본다. 우선 바위나 콘크리트 벙커처럼 아무리 강한 바람에도 끄떡없이 견디는 것들을 그려볼 수 있겠다. 물론 그 그림을 본 사람들은 그것이 바람 속의 돌이나 벙커인지, 아니면 바람 한 점 없는 고요한 날의 돌이나 벙커인지 알 길이 없다며 불평할 것이다. 바위 하나를 그려놓고 바람을 그렸다고 주장하는 나를 비난할 것이다. 그러나 이것은 눈으로 포착할 수 없는 바람의 실체에 훨씬 더 가까운 모습으로 바람에 대해 말해주는 그림이 될 수 있다. 바람과 무관한, 바람의 존재에 무관심한 어떤 사물의 그림이 바람을 그린 그림이 되는 이 역설은 무채색의 그림으로 색채를 상상하고 그리워하게 만든다던 요제프 보이스의 말과도 정확히 일치한다. 보이는 것을 가지고 보이지 않는 것을 그린다. A를 그리고 거기에서 A가 아닌 B를 보라고 한다. A는 B를 보이게 하기 위한 수단으로 무대에 올려졌다. 관객은 A가 B가 아니고, 거기에 B가 없으니 나의 설명은 거짓말이라고 비난할 것이다. 그러나 나는 A를 그려놓고 그것이 B라고 주장하지 않는다. 거기에 A만 있고 B가 없다는 사실을 통해서 관객이 B를 발견할 수 있기를 바라는 것이다. 이것은 말장난도 속임수도 궤변도 아니다. 사라진 뒤에야 다가오는 삶의 역설을 실천해 보려는 것일 뿐이다. 이슬람과 유대교에서 신의 모습을 인간의 형상으로 재현하지 않는 것도 이런 이유일 것이다. 신은 글 속에 있고 마음속에 있다. 그가 남긴 말과 행적 속에 있다.

147

마그리트는 파이프를 그려놓고 이것은 파이프가 아니라고 썼다. 그러나 파이프가 아닌 무엇인지에 대해서는 침묵함으로써 관객이 파이프가 아닌 온갖 것을 상상하게 만들었다. 흔한 사물을 '달을 가리키는 손가락'으로 사용한 사례로 주목할 만하다. 미술은 보이는 사물을 사다리 삼아 저 너머의 안 보이는 세계를 바라보는 행위이다. 튼튼한 사다리가 물론 중요하지만, 그 목적은 사다리 자체에 있지 않다.

설명서, 일러두기, 후기, 해설, 머리글, 약관. 이 글들의
공통점은 어떤 물건을 사용함에 있어서 예상되는 어려움,
오용, 오해, 오독 등을 예방하고 그 문제점, 단점, 부작용,
위험성을 미리 알리는 데 있다. 완제품이 아니라 부품들을
사용자가 직접 조립하게 되어 있는 이케아 가구 같은 경우
문맹자도 알 수 있는 그림으로 조립 방법을 알려주기도
한다. 아무리 지적으로 유능한 사람도 모두 이해하기 어려운
말로 사용자가 감수해야 할 온갖 책무와 법적 조치를 깨알
같은 글자로 적어놓은 보험약관 같은 문서도 있다. 이케아의
조립 설명서에서 보험약관까지, 가독성의 차이에도
불구하고 이런 문서들은 물건 자체가 아닌, 그 물건들에
덧붙여진 부가물이자 포장지와 같다. 나는 이 둘의 관계가
역전되는 상황에 관심이 있다.

서론이 너무 길어서 본론에 도착하기 전에 지치는 책,
주석이 본문보다 많은 논문, 해설을 먼저 읽어야 가까스로
이해할 수 있는 난해한 시집, 난해하기가 시를 능가하는
보험약관 따위에서 나는 카프카의 「성」이나 「법 앞에서」와
같은 부조리를 본다. 어쩌면 우리의 인생 전체가 이렇게
사용 설명서를 읽고 일러두기를 숙지하고 약관에 서명하는
동안, 대기실에 앉아서 차례를 기다리는 사이에 흘러가
버리는 것인지 모른다. 진짜 인생은 시작하기도 전인데
인생이 무엇인지에 대해 똑똑한 사람들이 알려주는 사업
설명회에 앉아 있다가 끝나는 삶이란 얼마나 우스운가.

사용 설명서 작업은 이 문제에 대한 패러디이다. 인생과
세계에 대해 많은 것을 알지만 한 번도 제대로 살아보거나
세계에 참여해 보지 않고 끝나는 삶에 대한 경고문이다.
그 자체가 사용 설명서의 지위를 벗어날 수 없는 미술
작품이라는 형식은 이 부조리한 진실을 실천하는 자기
모순에 정점을 찍는다.

말하라—
하지만 아니요와 네 사이를 가르지 말라.
네 선고에 의미도 부여하라:
그것에 그림자를 주어라.
그림자를 충분히 주어라,

너를 둘러싼 한밤과 한낮과 한밤 사이를
네가 구별해서 알 수 있을 만큼,
그렇게 많이 주어라.
(…)
그림자를 말하는 자, 진실을 말한다.
—파울 첼란, 「너 또한 말하라」 중에서*

* 파울 첼란, 『파울 첼란 전집 1』, 허수경 옮김(파주: 문학동네, 2021), 171.

아포리즘은 진술이지만 질문이다. 물음표가 없는 질문,
아무것도 내게 묻지 않지만 내 쪽에서 묻지 않을 수 없는
문장이다. 아포리즘은 세계가 내 앞에 나타나는 것과 같은
방식으로 작동한다. 세계는 나에게 아무것도 묻지 않는다.
해가 뜨고 바람이 부는 것처럼 세계는 제 할 일을 할 뿐이다.
바위도 숲도 새들도 질문하지 않는다. 그들이 침묵하기
때문에 내가 질문한다. 그것들이 "아니오와 네"를 나누지
않기 때문에 내가 질문을 한다. 내 작업도 그래야 하리라.
주어진 궤도를 따라 제 갈 길을 가면서 그 어떤 설명도
안내문도 없어서, 도대체 이게 무슨 일인지를 관객 스스로
묻게 만들어야 한다. 침묵이 무거울수록 질문은 피할 수
없는 것이 될 것이다.

나는 왜 카오스를, 무질서를 혐오하는가. 시시포스의 노동을 통해 우연의 반복으로 필연에 도달하기를 원하는가.

사용 설명서에는 다음 내용이 포함되어야 한다.

1) 이것이 무엇인지

2) 어떤 재료로 제작되었는지

3) 그것으로 할 수 있는 일이 무엇인지, 그것의 장점이
   무엇인지

4) 사용법(경우에 따라서는 조립 방법)

5) 사용 시 주의점, 안전 지침

6) 관리 방법

7) 부작용에 대한 경고 및 대응 조치

8) 이것으로 해서는 안 되는 일

9) 법적책임의 소재 및 한계, 분쟁 발생 시 관할법원 등

삽에 대한 설명서를 패널로 부착하고 몇 가지 표본 사례를 예시한 전시용 구조물을 만든다. 시중에서 구할 수 있는 삽으로 할 수 있는 몇 가지 작업:

1) 통로, 울타리 또는 링을 만들기
2) 모빌로 공중에 매달기
3) 삽의 실루엣, 삽질하는 사람의 실루엣을 텍스트와 함께 구성하기
4) 삽 하나를 보석상의 벽감 속에 진열하기
5) 구덩이 속에 누워서 더 이상 일하지 않겠다고 선언하는 낡은 삽
6) 사용할 수 없는 삽: 삽날이 닳아서, 너무 무거워서, 너무 작아서, 자루가 가늘어서, 삽날이 면도날처럼 예리해서, 흙과 자갈을 견디지 못해서 등등

사다리와 삽은 하늘과 땅을 가리키는 화살표다. 하나는 위를, 다른 하나는 아래를 향한다. 사다리는 높이 오르고, 삽은 깊이 판다. 둘 다 똑같은 땅바닥에서 시작한다. 사다리는 허공을 파는 삽이고, 삽은 지하를 탐사하는 사다리이다. 둘 다 보이지 않는 것을 보고 알 수 없는 것을 알기 위한 안간힘의 산물이다. 먼 곳을 보고 세계가 어떤 곳인지 알고 신에게 다가가기 위해 사다리가 있다면, 우리가 발 딛고 있는 지하의 어둠을 밝히고 우리가 돌아가게 될 흙의 촉감을 기억하기 위해 삽이 있다. 사다리는 우리에게 다가올 미래를 바라보는 도구, 우리를 예언자로 만드는 도구이고, 삽은 우리가 잊고 있는 과거를 발굴하는 기억의 도구이다. 그것들이 없었다면 우리는 미래도 과거도 알지 못했을 것이다. 그럼에도 그것들은 종종 의도와 다르게 사용되고, 자신들의 주인을 배신한다. 그것들은 진실을 묻어버리는 도구, 추락의 도구이기도 한 것이다. 나무가 사다리의 원형이라면 삽의 원형은 흙을 파내는 손이다.

새처럼 날아오를 수 없으니
　　한 계단씩 기어오를 수밖에
길이 없으니
　　매일 같은 길을 걸어서 길을 만들 수밖에
산더미 같은 일을 단번에 해치울 힘이 없으니
　　한 삽 한 삽 나눠서 옮길 수밖에
하루아침에 삶을 끝낼 수 없으니
　　평생에 걸쳐 조금씩 나눠서 갚을 수 밖에.

사다리는 위로 올라가기 위한 최소한의 도구이다. 돌계단이
아니라 나무 막대 몇 가닥에 의지해서 한 발 한 발 올라가는
사람의 모습은 날아오르는 새의 몸짓에 비할 바 없이
초라하다. 저 위에 도달하면 무엇이 자신을 기다리고 있을지
알지 못한 채 추락의 위험에 몸을 맡기는 무모한 도전이다.
그러나 그것이 아니면 인간의 삶이 대체 무엇인가.

사다리와 삽의 또 다른 공통점은 그것이 인간 활동 영역의 양극단에서 일하는 사람들의 도구라는 사실이다. 가장 높은 곳과 가장 낮은 곳에서 일하는 것은 위험하기에 대부분의 인간은 그 사이에서 덜 위험하고 덜 힘든 일을 찾는다. 그들에게 사다리와 삽은 특별한 경우가 아니면 쓸 일이 없다. 더 안전하고 더 편한 일을 찾지 못한 사람들이 사다리를 타고 송전탑에 올라가거나 삽을 들고 광산의 깊은 어둠 속으로 내려간다. 사다리에 올라가 먼 곳을 바라보며 아무런 보상이 없는 공상으로 시간을 보내는 철학자, 예술가나 수천, 수만 년 전의 조상들의 삶과 죽음을 밝히기 위해 삽을 들고 땅바닥을 긁는 고고학자도 같은 부류의 사용자들이지만, 전자에 비하면 상대적으로 그 일로 목숨을 잃는 경우가 적은 편이라는 차이가 있다. 물론 이 일에 목숨을 걸고 결국 목숨을 잃는 소수의 예술가들도 있으니, 그들은 사후에 산 자들의 추모를 받는 보상을 받는다.

삽의 용도: 땅을 판다. 도랑을 친다. 묘목을 심는다. 참호를
파서 몸을 숨기고 폭탄의 파편을 피하고 적을 공격한다.
무덤을 파서 죽은 이를 매장한다. 지하에 땅굴을 판다.
은신처를 만든다. 저장고를 만든다. 장례식에서 죽은 이에게
흙 한 삽을 뿌린다. 기념식수를 한다. 기공식에서 첫 삽을
뜨는 시늉을 한다. 암매장한다. 돌발적인 싸움에서 무기
대신 상대를 공격한다. 집을 짓고 말뚝을 박고 담을 쌓는다.
흙을 뒤집어서 농사를 짓는다. 물길을 만든다. 산을 옮긴다.
진실을 은폐하고 숨겨진 진실을 발굴한다. 안 되는 일을
되게 한다. 막노동으로 가족을 부양한다. 포로들의 노동력을
공짜로 이용한다.

이렇게 뻔한 사실을 무슨 대단한 발견이라도 되는 것처럼
늘어놓는 것에 굳이 의미를 붙이자면, 그럼으로써 여기서
누락된 어떤 다른 용도를 생각하게 한다는 것이다.
평범함 속에 숨어 있는 비범함을, 상식 뒤에 가려진
사물의 참모습을 찾고 그것을 사용하는 우리 삶의 실상에
다가가려는 것이다. 뭔가를 찾는다면 다행이겠지만,
아무것도 새롭게 찾을 것이 없다면, 그러니까 사물 뒤에
우리 삶의 진실이 아닌 텅 빈 어둠만이 있다면, 공연한
헛수고에 대해 후회하고 이런 탐사를 제안한 사람을
비난할 것이다. 그렇다면 텅 빈 어둠이, 헛수고가 바로 삶의
진실이라고 나는 대답할 것이다.

눈 위에 엉뚱한 발자국을 남기거나 글자 모양으로 땅을 판
뒤 물을 채워 얼음으로 글을 쓰는 '겨울 작업'은 '날씨'라는
이름으로 불리는 자연을 작업의 동업자로 초대한 작업이다.
날씨가 작업에 미치는 영향은 적지 않으나, 우리는 대개
그 영향을 최대한 배제하려 한다. 흐린 날, 추운 날, 비
오는 날, 바람 부는 날에도 작업실 문을 닫아걸고 전천후로
작업함으로써 날씨를 작업의 훼방꾼, 문 밖으로 내쫓아야 할
잡상인 취급한다. 그러나 날씨를 작업을 함께하는 협업자로,
조수로 받아들인다면 문을 닫아걸고 있으면서 무위자연을
노래하는 이율배반을 범하는 것은 적어도 피할 수 있다.
겨울이 가고 있는데, 벌써 10년도 더 전에 했던 겨울 작업을
다시 생각해 본다. 드로잉과 글로 여섯 점 정도 겨울에 할
수 있는 퍼포먼스를 설명했는데, 그것들을 실제로 실행에
옮기면 어떨까. 겨울뿐 아니라 봄, 여름, 가을로, 추위와 눈과
얼음뿐 아니라 비와 바람과 더위와 햇빛으로, 아지랑이와
안개로 날씨 작업을 확장하면 어떨까. 날씨로 인해 작품이
훼손되는 것이 아니라, 날씨에 의해 완성되는 작품,
눈이 와야 만들 수 있는 눈사람처럼 바람과 비와 햇살로
만들어지는 작품, 나를 둘러싼 세계를 동반자로 받아들이는
작품, 아르테 포베라, 대지 미술의 재발견.

한탄, 탄식, 불만, 비웃음, 냉소, 외면, 투덜거림, 원망,
혐오. 원하는 대로 세상이 굴러가지 않는 것을 받아들이기
힘들 때 사람들의 반응은 이런 것들이다. 타인과 사회를
자신으로부터 분리해서 대상화하고 타자화함으로써
자신을 그들과 다른 존재로, 그들보다 우월하고 정의롭고
가치 있는 존재로 규정하려는 것이다. 세상을 지배하는
힘과 그 힘에 순응하는 다수에 동의하고 자신의 패배를
인정하기가 어렵기 때문에, 자기방어를 위해 사용되는
수단들이다. 종교는 이런 탄식을 받아주고 다음 생에서는
승리할 수 있다는 위로를 전한다. 보이지 않는 신이 그렇게
약속하였으니 지금의 패배는 내일의 승리가 되고 지금의
굴욕은 내일의 영광이 될 것이라고 한다. 정치가들은 지금
여기서 소외된 자들의 탄식을 듣고 그들을 위해 세상을
바꾸는 일을 한다고 주장하고 실제로도 그렇다고 믿는다.
그렇다면 예술가는 무엇을 하고 있나. 세상에 차고 넘치는
고통과 억압, 불평등과 위선, 파괴와 무능 앞에서 예술은
무엇을 약속하고 있는가. 평생 한탄과 원망을 비판적
지식인의 증표처럼 달고 살아온 내가 정말 하려던 것은
무엇이었을까.

이 글들을 쓰면서 이것이 과거 공안 기관이 사상범을
가둬놓고 쓰게 했다던 진술서와 비슷하다는 생각이
든다. 내가 어디서 어떻게 성장했고 무슨 생각을 했는지,
누구와 어울리고 무슨 책을 읽었는지 빠짐없이 써내야
하는 진술서처럼, 이 글은 나의 미술 작업과 글쓰기가
어떻게 시작되었고 어떤 과정을 거쳐 지금에 이르렀는지를
고백한다. 빛바랜 사진들, 희미한 기억을 모으면 내가 했던
판단과 선택이 옳았는지 잘못된 것이었는지 물을 수 있을까.
예전에 살던 집들을 찾아가는 이 여정은 내가 무엇을 했기에
예술가인지를 밝히는 진술서이다.

인생이 처음이다 보니, 잘못된 판단과 실수를 피할 수 없고, 그로 인해 갖은 난관과 고초를 겪게 된다. 그 와중에도 뭔가 배울 것이 있다고 한다. 그냥 빈말로 위로를 전하는 게 아니고, 시행착오를 통해 인생의 지혜를 얻을 수 있다고 주장하는 것이다. 실패는 성공의 어머니라는 말을 지어낸 사람이 할 만한 주장이다. 그러나 대부분의 사람들은 뼈아픈 실패의 경험에서 얻은 인생의 교훈을 얼마 지나지 않아 잊어버리고 똑같은 실수를 되풀이한다. 똑같은 문제 앞에서 똑같은 오답을 선택한다. 뭔가가 잘 되어간다 싶으면 어김없이 성급한 성공의 예감 때문에 일을 그르치고, 뭔가 잘못되고 있다는 예감은 절대로 빗나가는 법이 없다. 형편이 나아졌다 싶으면 이내 원점으로 돌아가 있고 이번에는 실패하면 안 된다는 초초함은 헛발질로 돌아온다. 인생의 교훈을 얻느라고 인생을 다 보낼 때쯤에야 인생에 교훈이란 건 없다는 것, 있더라도 똑같은 일이 벌어졌을 때는 뼈에 새긴 교훈도 기억나지 않는다는 것을 알게 된다. 어쩌면 이것이 유일한 인생의 교훈일지 모른다. 인생은 교훈을 얻기 위해 주어지는 것이 아니다. 실패의 확률을 줄이겠다는 일념으로 실패를 반복하며 인생을 낭비할 것이 아니다. 인생을 배우느라고 인생이 끝날 수 있으니 교훈 따위를 믿지 말고 인생을 살아봐야 할 것이다. 다음 생이 아니라 지금 여기서 말이다. 이번 인생에서 얻은 쓰라린 인생의 교훈이 다음 생에 기억되리라는 보장이 없으니 말이다.

V

작업실에서 온종일 작업을 했는데 끝날 때쯤 돌아보면 한 일이 없다. 썼다가 지우고 계획을 변경하고 다시 새로운 계획을 짜다가 하루가 다 간 것이다. 아이디어를 떠올리고, 그것을 드로잉으로 구상하는 과정이 있고, 구상을 실현하는 과정이 있다면, 마지막 단계에서 불필요한 요소를 제거하는 '뺄셈'이 있는 법인데, 나는 아무래도 이 뺄셈을 너무 일찍 시작하는 것 같다. 아이디어를 드로잉으로 옮기고, 자료를 모으고, 매채와 재료를 정하는 과정에서 너무 많은 것을 덜어내 버린다. 결과적으로는 좋을지 몰라도 많은 생각들이 작품으로 실현되지 못한 채 사라지고, 작업 속도가 느려진다. 문제는 이 과정에서 '자발성'(spontaneity)이라는 것이 남아날 여지가 없어진다는 것이다. 종이 위에 줄 하나를 긋고, 재료를 고르는 과정에서 원래의 계획과 어긋나는 것을 허용하지 않음으로써 절제되고 과묵한 작품을 얻지만, 자유로운 몸짓과 우연이 들어설 자리가 없어진다. '내가 설명할 수 없는 작업은 하지 않겠다'는 나의 선택은 지적인 게으름을 작가의 아우라라는 안개 속에 감추는 신비주의에 대한 거부감에서 비롯되었다. 그러나 이것이 내 작업의 한계이기도 하다는 것을 뒤늦게 알게 되었다. 자발적인 몸짓과 계획되지 않은 것들에 대한 너그러운 수용의 태도가 없이는 '말할 수 없는' 것에는 침묵해야 한다는 말, 논리의 사다리를 타고 올라간 뒤에는 사다리를 버리고 날아올라야 한다는 말을 작업에서 실천해 볼 기회도 없을 것이다. 많은 시행착오와 실패를 받아들이고, 설계도에 없던, 말로 설명할 수 없는 영역을 허용해야 한다. 그 과정을 지울 것이 아니라 받아들여야 한다.

산책은 한가로운 사람들이나 하는 것이라고 여겼던 시절이
있었다. 할 일이 쌓여 있고 가야 할 곳이 너무 많은데
산책이라니. 그렇게 할 일을 하고 가야 할 곳을 가느라고
젊은 날을 다 보내고 나서 뭔가 잘못되었음을 알았다. 할
일이 눈앞에 없고 가야 할 곳이 정해져 있지 않은 삶을
견디기 어려운 것이다. 느긋하게 아무것도 하지 않아도 되고
무슨 일이나 할 수 있는 시간이 주어졌는데, 감사가 아니라
오히려 조바심과 불안으로 어쩔 줄 모른다. 며칠째 작업
계획을 썼다 지웠다 반복하며 작업 목록 전체를 의심하고,
아직 해보지도 않은 아이디어를 폐기하고, 더 좋은 생각이
떠오르지 않는다며 자책하는 날들을 보냈다. 물론 나는 이런
날들도 있다는 걸 안다. 앞으로만 나아가다가 잠시 멈춰서
주위를 둘러보는 것은 한가한 산책도 시간 낭비도 아니다.
잠시 휴식을 취할 필요도 있다. 그런데도 이런 시간을
작가적 죽음과 연결 짓고, 이렇게 끝나는 것은 아닐까
염려하며, 스스로의 무능함을 질책하는 것은 잘못이다.
산책이 필요한 시간이다. 바깥 공기를 쐬고 다른 풍경을
만나보아야 하는 시간이다.

계단은 사다리에서 왔고 사다리는 나무에서 왔다. 맹수를
피하거나 다가오는 위험을 예견하기 위해 나무에 올랐던
인간은 나무를 잘라 사다리를 만들었고 다시 계단을
만들었다. 계단은 다시 에스컬레이터와 엘리베이터로
진화했다. 맹수를 피할 일도 없고 위험을 경계하기 위해서도
아니지만, 더 높이 오르려는 상승의 본능은 변하지 않았다.
다만 상승은 추락이라는 새로운 위험을 동반한다. 올라가면
다시 내려와야 하는 법인데 이 하강의 과정을 중력의 손에
내맡기면 가속도를 얹어서 추락함으로써, 무모한 상승의
대가를 돌려받게 된다. 많은 사람들이 사다리에서, 계단에서
균형을 잃고 떨어져서 비극적인 결말을 맞았다. 다가오는
위험을 피하기 위한 사다리가 위험을 가져온다. 비행기의
발명이 추락의 발명, 자동차가 교통사고의 발명인 것과 같은
이치다.

영상 작업들이 점점 더 영화처럼 되어가는 것이 요즘
추세다. 70년대 미술가들만 해도 영상은 옆집에서 빌려온
카메라로 만든 아마추어 티를 벗을 수 없었다. 아이디어를
담는 것으로도 충분했고, 그래서 소박하고 명료했다.
근래에는 영화처럼 많은 스태프와 협업해서 영상을 만든다.
음향, 음악, 촬영, 편집을 전문가에게 맡긴다. 비용은 기금을
지원받아서 충당하고 미술관의 작품 구입으로 추가 수익도
기대할 수 있다. 이렇게 영상 작업의 완성도가 높아지는
만큼 협업과 기금 지원에 접근하기 힘든 신진 작가들의 진입
장벽이 높아지고 뒤늦게 1인 작업으로 영상을 만드는 나
같은 사람도 자신감을 잃게 된다. 소박한 아마추어 영상을
계속하거나, 아니면 차라리 실사가 아닌 애니메이션을
시도하거나, 그 매끄럽고 화려하고 스펙터클한 영상
작업들과 비슷해지려는 욕심을 내려놓을 필요가 있다.
조수를 두지 않는 1인 사업자로서 한계를 부끄러워할
이유가 없다. 이를테면 드로잉과 낭독으로 만드는
애니메이션으로 내가 할 얘기를, 할 수 있는 방법으로 하면
그만이다.

이것은 결국 조바심과 탄식의 글이 될 것이다. 특별하고 탁월한 창작의 기록을 기대하는 이들에게 실망을 안겨주고 예술가의 남다른 내면세계에서 삶에 대한 새로운 통찰을 찾으려는 독자에게 예술가도 별수 없음을 고백하는 결과가 된다면 안타까운 일이다. 그러나 어느 정도 윤곽을 잡았다고 생각했던 전시 기획안이 세부 사항으로 들어가면서 구멍이 숭숭 나 있는 허술한 아이디어의 성급한 짜깁기였음을 알게 되었고, 계획을 근본적으로 수정하거나 완전히 버리고 새로 시작하거나 둘 중 하나를 선택해야 하는 상황에 이르렀다. 유일하게 남은 것은 '질문들'이라는 주제와, 그에 관해 써온 글들이다. 분량을 가늠해 보니 이대로 계속하면 전시에 맞춰 책을 낸다는 계획은 실현될 수 있을 것이다. 문제는 작품들인데, 회전하는 나선형의 통로나 25개의 방에 대해 확신이 서지 않는다. 중심 작품이 흔들리면서 전시 전체가 불확실한 안개 속으로 가라앉고 있다. 예술가로서 내가 해온 질문들을 하나하나 정리해 보는 것이 나에게는, 그리고 아마도 아키비스트에게는 의미가 있을 테지만, 관객에게도 흥미로울지는 확신할 수 없다. 미술이란 질문하는 것이라고 주장해 온 나에 대한 추가적인 해명이 관객의 오해와 선입관을 해소하는 데 도움이 될 수는 있으나, 이러한 해명과 그것을 뒷받침하는 예시로서 제시될 몇 점의 작품이 과연 새로운 메시지로 파장을 일으키는 하나의 사건으로 받아들여질 수 있을까. 내게는 지금 생각을 예시하는 작품이 아니라 스스로 빛날 작품이 필요하다. 말과 글로 지지대를 세우지 않아도 혼자 서 있는 작품, 한때의 '나쁘지 않은' 작품이 아니라, 다시는 되풀이할 필요가 없는 독특하고 그 자체로 완전한 작품이 필요하다. 나는 그것을 찾을 것이다. 늘 그래왔듯이 실망과 시행착오 속에 답이 있을 것이다.

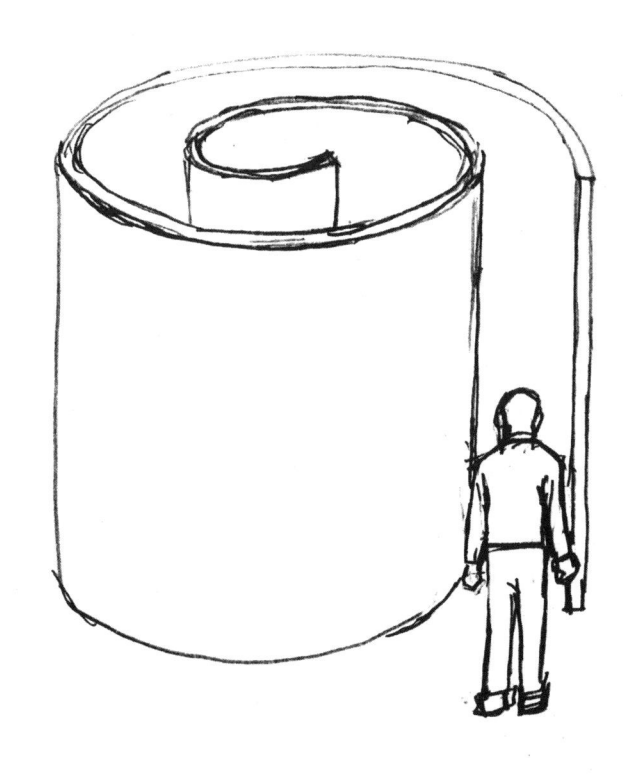

나선형의 통로는 영원히 중심에 도달할 수 없는 우리의 삶을 이야기한다. 다가가면 멀어지는 지평선 같은 것, 도달할 수 없는 유토피아를 말한다. 회전문처럼 돌아가지만 우리를 저 너머로 데려다주지 않는다. 번번이 반대 방향으로 작동하는 에스컬레이터, 아무것도 보이지 않는 전망대, 본문은 시작도 안 한 채 일러두기만 하다가 끝나는 책, 삶이 무엇인지 배우느라 살아보지도 못한 채 지나가 버린 인생, 약속을 지키지 않고 오히려 그런 약속은 없었다고 나를 나무라는 세상. 이것들은 모두 모순과 부조리에 대한 것이다. 그로 인한 분노와 실망에 관한 것이다. 거듭되는 패배, 신기루처럼 사라지는 희망의 나라 앞에서 원망과 한탄으로 가라앉지 않기 위해서 이런 것들을 계속 떠올렸던 셈이다. 우리는 왜 실패하는가라는 질문은 그것들을 관통하는 질문이다. 그 많은 희생과 고통에도 불구하고 우리는 왜 원점으로 되돌아와 있는가. 신이 우리에게 하는 짓궂은 농담인가.

25개의 방은 이 좌절감을 다른 방식으로 다룬다. 똑같은 방들로 이어지는 문을 통해 다음 방으로 넘어가기를 요구하는 이 구조물은 어디에도 중심이 없는, 끝없이 이어지는 미로라는 점에서 앞의 나선형의 통로와 같은 상황을 만든다. 관객이 내부로 들어가는 것을 허용하지 않는 나선형 통로와 달리 25개의 방은 관객이 자유롭게 출입할 수 있도록 열려 있다. 전자가 직설적으로 지평선 너머에 도달할 수 없는 인간의 운명을 말한다면, 후자는 다른 공간으로 들어서도 그 전과 똑같은 공간이 반복되는 악몽 같은 미로를 통해 지평선이 없는 풍경을 이야기한다. 오늘과 다른 내일을 위해 문을 열고 다른 방으로 넘어가지만 어제와 똑같은 오늘이 우리를 기다린다. 방을 선택하고 방향을 바꾸고 멈추고 전진할 '자유'가 있지만 새로운 삶은 없다.

결국 그 안에 머물며 같은 삶을 이리저리 배회하거나 밖으로 나가서 그 악몽을 끝내거나 둘 중 하나의 선택만이 있다. 그 점에서 더 절망적이다.

어떤 방에 들어섰는데 맞은편의 출구가 마치 지평선처럼 멀다. 양쪽 벽들이 점점 가까워지다가 한 점에서 만나는 것 같다. 천장과 바닥도 마찬가지다. 앞으로 나아가 저 소실점까지 가보고 싶지만 그랬다가는 영영 돌아올 수 없으리라는 예감이 든다. 덫에 걸렸다는 느낌이 든다. 좁아지는 어두운 동굴 속에 제 발로 기어들어 왔더니 저 멀리 작은 빛 하나가 보이는데, 그곳이 출구인지 아니면 나를 더 깊은 곳으로 유인하려는 미끼인지 알 길이 없다. 돌아 나가기에는 늦은 것 같다. 운 좋게 이 방을 빠져나가 다른 방을 찾는다 해도 그 방이 지금 이 방과 다를 거라는 확신이 없다. 어쩌면 결국은 다 똑같은 방들이 각각 다른 이름을 달고 있을 뿐이라는 생각이 든다. 맞은편 출구가 내게로 다가와 줄 때까지 우선은 여기 머물러 있기로 한다. 인생이 내게 이럴 줄 몰랐다고 원망하는 소리가 옆방에서 들려온다. 덕분에 조금 위안이 된다. 누구나 나와 같이 이런 막다른 방에, 결국 한 점으로 수렴되는 통로에 들어와 있으니 특별히 나만 이런 건 아니라는 생각이 드는 것이다.

내게는 개인의 내면세계에 대한 질문이 없었다. 미술이
소설만큼 어떤 구체적인 인물을 정밀 묘사하고 분석하는
데 적합하지 않다는 생각 때문이었을 수 있으나, 그 이상의
뭔가가 있다. 나는 타인의 내면세계를 알 수 없을뿐더러
알았다 하더라도 그것이 정말인지 아닌지 믿을 수 없다고
생각했을지 모른다. 열두 개의 똑같은 수평선 그림을
그려놓고 각각 다른 부제를 단「슬픈 영화를 보고 그린
그림」은 이 문제를 다룬 작업이다. 똑같은 그림에 대해 열두
가지 다른 이유를 붙임으로써, 미술이 유일무이한 개인의
내면세계의 표출이라는 주장이 허구임을 보여주려 했다.
중세의 예술가들이 종교적 도상을 만들면서 자신의 감정을
그림에 담으려 했던가. 자신만의 뛰어난 기량을 과시하려
한 경우가 있고, 자신이 만든 작품에 서명함으로써 자기
작품임을 명시하기도 했지만, 그림에 사사로운 감정을
담으려는 생각은 하지 않았다. 팔만대장경을 판각하던
이들이 글자를 새길 때 그날그날 자신의 감정을 담을 수는
없었을 것이다. 미술은 공적인 일이었다. 근대의 개인에 대한
관심, 천재에 대한 숭배는 지금의 미술을 개성의 각축장으로
만들었다. 새로운 것, 다른 것이 최고의 가치가 되었고,
특이함의 정도가 작가를 평가하는 기준이 되었다. 나 역시
그 체제 속에 있고, 나의 작가적 위상 역시 그것에 의한
것임을 부인할 수 없으나, 이것이 과연 불변의 체제인지
의심한다. 누가 무엇을 언제 했느냐에 따라 지적 소유권이
생기고, 그 소유권들을 잘게 분할한 지적도 위에서 아직
비어 있는 여백을 찾는 경쟁이 치열하다. 저작권을 명시하지
않은 모작, 표절, 그 반대 경우인 위작은 도덕적, 법적인
위반이고, 작가는 자신도 모르는 사이에 다른 작가의 영역을
침범하지 않는지 노심초사한다. 작업의 근거가 자신에게
있음을 확인하기 위해 자신만의 경험, 내적 감정, 기억,

트라우마와 강박 따위를 내세우게 된다. 특별한 개인이
되지 않고서는 미술 제도에 진입할 기회가 없기 때문이다.
아픈 과거도 자산이 된다. 개인적 감정이 작업의 희소성을
입증하는 알리바이가 된다. 내가 이 체제를 벗어날 수는
없으나, 그것을 특이한 체제로 상대화하고 이의를 제기할
수는 있을 것이다. 「슬픈 영화를 보고 그린 그림」은 이런
관행에 대한 작업이었다. 10년 전의 이 작업에서 한 발
더 나아가 볼 필요가 있다. 미술을 잡다한 개인적 기억과
감정의 카오스에서 건져내고, 공적인 담론의 장으로
옮겨놓으려는 것이다.

점점 깊어지는 통로를 따라 걷다 보면 양쪽의 벽이 다가오고
막다른 골목의 끝에 도달한다. 출구가 없는,
갔던 길을 되돌아 나올 수 없는
자폐적 산책로, 지하로 향하는 역설의 전망대.

망치와 낫을 국가의 상징으로 삼았던 소비에트연방의 국기는 자연이나 추상적 개념으로 국가의 정체성을 표현하는 전통을 파격적으로 버렸다. 초승달과 별, 별과 줄무늬, 태양, 지평선, 하늘과 숲과 대지의 색에서 인공적인 사물로, 그것도 다분히 폭력적인 도구로의 전환은 누구의 생각이었을까. 농부와 공장 노동자를 상징하는 두 도구를 엇갈리게 겹쳐놓는 아이디어는 십자가에서 영감을 얻었을 것이다. 나치의 하켄크로이츠는 자신을 중심으로 회전하는 바퀴를 암시한다. 바깥의 것들과 자기 내부의 것들을 구분하고 자기 아닌 것을 배제하고 중심을 향해 뭉치는 자기 중심적인, 구심적인 방향성을 갖는다. 고대부터 이 기호가 사용되어 왔다지만, 이 속에는 이미 인종 청소와 2차대전이 예고되어 있는 것처럼 보인다. 십자가의 직선 운동이 회전 운동으로 전환되는 것, 양팔을 벌리고 인간을 받아들이기 위해 멈춰선 신의 형상이 달리는 인간의 형상으로 바뀌는 것이다. 그 인간이 어디를 향해 달리는지, 두려움 때문에 달아나는 것인지 뭔가를 추적하기 위해 질주하는 것인지 알지 못한다. 과거로부터, 지금 이곳으로부터의 탈주. 그러나 오지 않는 미래의 헛된 꿈으로의 도주.

마터호른은 스위스를 상징하는 기호이다. 피라미드를 연상케 하는 특별한 형태로 인해 알프스의 수많은 산들을 대표하는 이미지가 되었다. 나는 이 산의 축소 모형에 바퀴를 달아서 전시장을 이리처리 돌아다니게 만들었다.* 산이 제자리를 지키지 않고 이동한다. 거대한 규모로 인간을 압도하는 산이 왜소한 크기로 발밑에 놓여 있다. 모든 것을 이동 가능한 것으로 만드는 세상에서 자연과 장소까지도 이동한다. 산을 바퀴 위에 올려서 '산을 옮기는', 불가능에 도전하는 인간의 의지를 비웃는다. 이 작업의 변형, 마터호른 모형을 이용하는 다른 아이디어를 적어본다.

1. 열두 개의 마터호른(산맥)
2. 산을 오르는 마터호른
3. 빙산처럼 물에 잠긴 마터호른
4. 검은 마터호른
5. 부서진 마터호른

* 마로니에미술관에서 열린 『컨테이너』전에 선보인 「움직이는 산」(2002)을 말한다.

전시장 구석에 굴을 파는 중이다. 벽이 깨져 있고, 어두운 터널이 보인다. 흙더미가 쌓여 있고, 흙을 내다 버릴 수레가 대기 중이다.

미술관에서 물과 불은 금기이다. 미술관이 관객에게
제공하는 세속의 잡다한 시각적 소음을 제거한 백색의
공간에서 작가들은 벽을 뚫는 시늉을 하고 배관 설비를
노출시키고 직원들 몰래 낙서를 하는 등 온갖 악동 짓을
했지만, 흐르는 물이나 타오르는 진짜 불꽃을 전시장에
설치하고 싶어 한 작가들 대다수는 미술관의 실무
담당자들에 의해 저지당했다. 그나마 자신의 아이디어를
관철시킬 수 있었던 극소수마저 끌어들인 물이나 불로
미술관을 진짜 곤경에 빠뜨리는 데까지는 이르지 못했다.

인간의 어리석음과 무지에 대해 질문으로 응답하려 한
나의 미술 작업은 어떤 답을 얻었나? 미술계라 불리는
작은 집단 안에서 작은 이름을 갖게 되었지만, 40년 동안
만들었던 그 많은 작품들이 과연 세상을 변화시키는 데
작은 기여나마 했을까. 미술을 변화시키는 역할이라도
했을까. 아마 그 많은 관객들 중 일부에게 한순간의
자극이야 주었겠지. 그러나 뜻밖의 풍경에 탄성을 내뱉고,
도슨트의 설명에 고개를 끄덕였던 이들 중에서 그 질문들이
자신에게 던져진 질문임을 알고 답을 찾으려 한 사람이
과연 몇이나 될까. 기억이나 할까? 답을 해주고 감각을
일깨우고 감동을 받기를 기대하는 관객에게 질문을 던지는
작품이 나의 의도대로 작동하지 않는다면, 그것은 관객의
잘못인가 나의 잘못인가? 아니면 나의 기대가 너무 과했던
것인가? 소통은 나의 미술 작업에서 가장 중요한 조건
중 하나였다. 관객과의 소통이 아니라면 미술이 무엇을
위한 것인가. 미술은 나에게 '말하기'의 다른 방법이었다.
그 말에는 나름의 문법이 있고, 정해진 질서가 있으니,
누구든 귀를 기울이면 들을 수 있다고 생각했다. 몽롱한
안개 속에 숨어서 선문답을 하는 미술이 아닌, 즉흥적인
충동을 배설하듯 쏟아내는 미술이 아닌, 사려 깊고 신중하게
배열된, 정돈된 진술로서의 미술을 나는 원했다. 그럼에도
이 말들은 관객에게 들릴 만큼 충분히 크고 명료했을까.
혼잣말이었을까. 작가와의 대화에서 설명을 듣고 보니
작품을 더 잘 이해하게 되었다고 사람들이 말하듯이, 내
작품에 설명이 부족하기 때문일까. 아니면 질문이 아니라
답을 알려주는 미술, 알고 있는 것을 확인시켜 주는 미술을
했어야 했나.

전시장에 노숙자 형상을 들이거나 벽에 구멍을 뚫는 것은 미술관을 현실과 연결하고 미술과 삶을 일치시키려는 행위이다. 일상의 사물들을 미술관 안으로 들여놓는 나의 오브제 작업도 이런 목표를 갖고 있었다. 전시장 바닥의 대리석이 뜯기고, 벽에 금이 가고, 천장에서 물이 떨어지는 작업들만큼 극적인 반전으로 어이없는 웃음마저 유발하는 작품들과는 다르지만, 가장 흔한 물건들을 미술 작품이라는 이름을 붙여 전시장에 들여놓는 데는 '고상한' 미술에 대한 도발의 의미가 있었다. 미술은 일상의 평범한 사물에 대한 관찰과 생각에서 시작한다는 것, 삶이 아닌 어떤 것으로부터, 하늘에서 떨어지는 것이 아니라는 것을 말하려 했다. 문제는 이것이 결국 평범한 사물에 미술의 지위를 부여하고, 미술관에 소장되는 미술 작품을 만드는 것으로 귀결된다는 사실이다. 미술관을 비판하는 미술이 미술관을 더 포용적이고 개방적인 제도로, 공고한 권위를 갖도록 하는 데 기여한다. 미술관을 뛰쳐나가서 '현실'을 회복하려 했던 작가들이 제 발로 미술관에 복귀한다. 미술관에 벽을 뚫는 (시늉을 하는) 미술은 클리셰가 되었다. 질서와 권위에 대한 도발은 허용된 범위 내에서 이뤄지는 유쾌한 일탈이 되었다. 전시가 끝나면 구멍 뚫린 벽은 다시 보수되어 예전처럼 희고 단단한, 현실을 미술관과 분리해서 밖에 서 있게 만드는 벽이 된다. 이 사실을 작가도 미술관도 관객도 알고 있다. 참여하는 모두가 공모해서 이 유쾌한 난장판을 즐긴다. 충격을 받거나, 분노하거나, 공격당하거나, 뜻밖의 질문을 받았다고 생각하는 것이 아니라 일종의 유희로 기꺼이, 너그럽게 수용한다. 작가 스스로 자신이 훼손한 이 벽이 회복 불가능하게 미술과 현실 사이의 장벽에 뚫린 구멍으로 남지 않는다는 것, 일시적으로 허용된 제스처에 지나지 않는다는 것을 알고 있다. 미술관 벽에 구멍을 뚫는

작가는 그것이 누구에게도 해를 끼치지 않는 일시적인 이벤트임을 알고 있다. 그 구멍은 전시장 바깥이 아니라 안쪽에서 시작하고, 바깥에 도달하기 전에 끝난다. 전시 기간 동안 전시장 한복판에서 벌어지는 가짜 발굴, 가짜 탈주극, 가짜 범죄극이다. 아무것도 발굴되지 않고, 아무도 벽을 뚫고 달아나지 않고, 아무도 무단으로 침입하지 않는다. 왜냐하면 그 구멍은 그림이기 때문이다.

미술은 관객에게 예상 못 한 깜짝 선물 같은 놀라움을 제공하는 어떤 것이어야 하는가? 미술가는 끊임없이 새로운 자극을 고안해 내는 데 사활을 거는 존재인가? 쉽게 싫증을 내는 아이들의 눈을 반짝 뜨이게 하는 새로운 장난감을 만드는 사람인가? 농부처럼 자신의 일을 계속하고 수도승처럼 자신의 믿음을 실천하는 것은 이제 미술가의 덕목에서 삭제되었는가? 새로움에 갈급한 세상에서 미술은 탈주자들의 영토가 되었다. 성자가 되기 위해서는 먼저 탕아가 되어야 하듯이, 미술가들은 기성의 관념과 질서를 파괴하고 스승을 배반하고 부처를 죽여야 미술의 세계에 진입할 수 있다. 나 역시 그랬고 내 학생들에게도 그렇게 하라고 가르쳤다. 탈주하지 않고 저항하지 않는 미술을 더 이상 진지한 미술이 아닌 것으로, 세속적인 기대에 순응하고 기존 질서에 안주하는 것으로 비판했다. 새롭지 않은 것은 주목받지 못할 뿐 아니라 비난받아야 할 과거의 잔재, 청산해야 할 유물이 되었다. 부정의 변증법, 새로움이라는 신성한 이데올로기의 유포자, 수혜자의 한 사람인 내가 하지 않았던 질문은 이것이다. 이로 인하여 나는 어디에 도착했는가?

예정된 전시를 어떻게 할지 온갖 궁리를 하던 중에 문득 멈춰 서서 이 질문을 하게 되었다. 나는 다시 동시대 미술이라는 다신론적, 무신론적 신흥종교로부터 탈주자가 되어야 하지 않을까? 그것 역시 결국 새로움을 전제로 한 탈주, 미술 제도에 수렴되는 탈주에 그칠 수밖에 없을까? "나는 달아난다. 외람되지만 나를 잡아보라"고 했던 첫 개인전의 선언으로 다시 돌아가서 또 한 번의 탈주, 나 자신의 부정을 시도한다면 그것은 퇴행이 될까? 나는 달아난다고 했지만 돌아왔고, 어쩌면 달아난 적이 없었는지

모른다. 미술의 관행에 저항했지만, 또 다른 관행에
순응했는지도 모른다. 그들을 흘러가도록 놓아두고 나는
하차할 것이다. 모두가 무언가로부터 달아난다고 주장하는
세상이라면, 달아나지 않는 자가 되어야 하지 않을까.

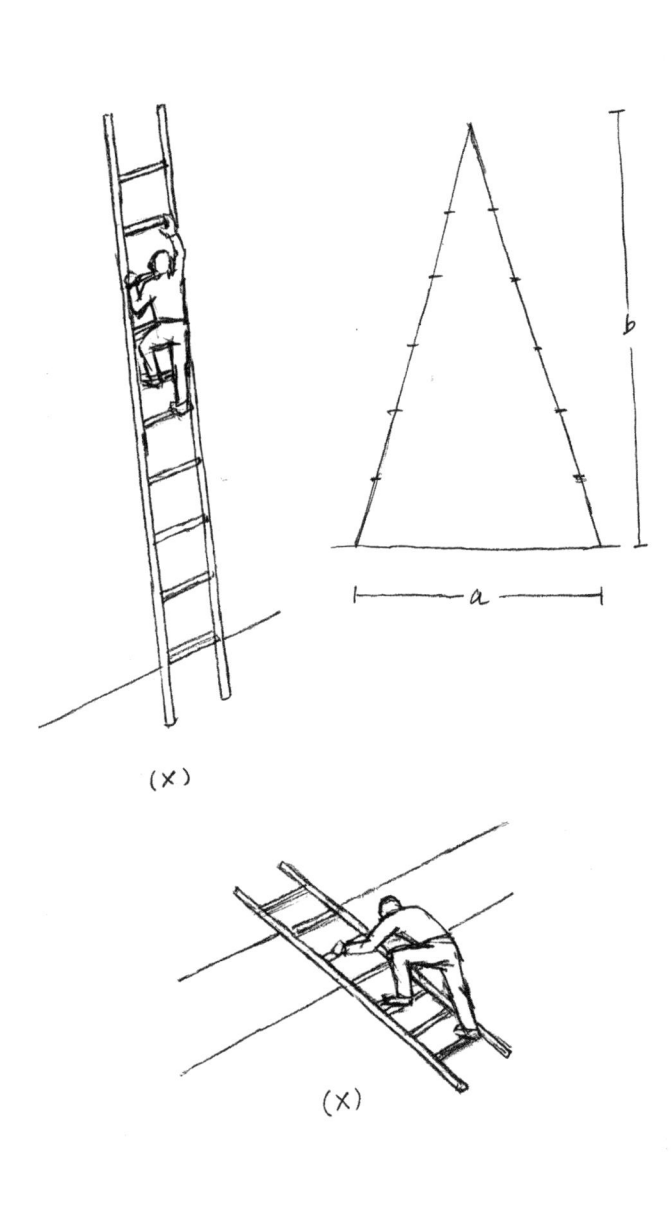

(X)

(X)

높이 오르려는 사람이 추락의 위험을 줄이려면 자신이
딛고 오를 땅이 단단한지, 사다리가 흔들리거나 쓰러지지
않을 만큼 안정적으로 서 있는지를 알아야 한다. 적어도
세 개의 지지점이 필요하고, 지지점들 사이의 거리(a)로
오르려는 높이(b)를 나누었을 때(b÷a), 나오는 숫자가
클수록 추락의 위험이 크다. 이를 각도로 환산할 수도 있다.
사다리의 각도가 90도에 가까울수록 위험하고, 그 반대인
0도에 가까울수록 안전하지만 효율이 떨어진다. 권고되는
경사도는 75도 이하다. 중력과의 타협점이다. 그러나
경사도만의 문제는 아니다. 발판을 헛딛거나 몸의 균형을
잃어도 치명적인 결과에 이를 수 있다. 높이 오르려면
자신이 충분히 넓은 기반을 가졌는지, 높은 곳에서도 균형을
잡을 수 있는지를 확인해야 한다. 공격하는 쪽이 수비하는
적보다 3배의 병력과 화력을 갖춰야 하듯이 높이 오르려는
사람은 자신을 저지하는 중력의 3배 이상의 힘을 가져야
한다. 그렇지 않은데 높은 자리에 올라가 앉아 있는 자들은
자기 노력에 대한 합당한 보상이라고 생각하겠지만, 추락의
위험이 곳곳에서 빚을 받으려고 자신을 기다리고 잊음을
잊어서는 안 된다.

사다리 여섯 개를 3미터 높이로 쌓는데

(1) 목재를 오크로 해서 가구처럼 정교하게 만들지, 아니면

(2) 스프루스 구조목 정도로 검박하게 만들지,

(3) 알루미늄 기성품 사다리를 구입할지를 놓고 하루 종일 오락가락한다. (3)의 경우, 일은 단순하고 쉬운데 선뜻 내키지 않고(결과는 비슷하나 무성의한 장난 같아서?) (2)는 나쁘지 않으나 역시 아이디어를 쉽게 구현하는 데 그치는 느낌이고 (1)에 마음이 끌리지만, 왜 이런 수공업적 완결성이 필요한지 정확한 답을 못 찾고 있다. 이 작업에서 내가 무슨 말을 하려는 것인지 명확히하는 것이 답을 찾는 방법일 것이다. 부분이 모여서 전체를 이루는 것(작은 A의 집합으로 큰 A가 되는 것), 불안정한 상승(추락, 붕괴의 위험), 미니멀리즘의 수학적 질서(솔 르윗류의), 차가운 유머, 비예술의 예술화, 아무것도 아닌 것의 특별한 것으로의 변신, 일시적인 구조(언제든 해체될 수 있는), 언제든 일상의 도구로 돌아갈 수 있는 잠정적 이벤트, 작품의 의미는 작품 안에 있지 않고 관객의 생각 속에 있다는 사실, 위계질서의 은유.

에릭 사티가 말하는 '가구 음악'은 주위의 소음과 하나가
된 음악, 소음을 고려한 음악이다. 이 음악은 주의를 끌지
않고, 소음을 덮어버리는 대신 누그러뜨린다. 사람들 사이의
무거운 침묵을 채워주고 인간관계의 상투성도 피하게
도와준다. 동시에 무분별한 거리의 소음도 중화시켜 준다.
이 아이디어는 BGM이나 존 케이지의 '침묵의 음악'으로
발전했다.

사티의 가구 음악처럼 나도 일상의 잡다한 도구와 사물들 사이에서 특별히 예술처럼 보이지 않는 오브제로 미술을 한다. 그 미술은 주위의 시각적 소음들을 고려하며 주의를 끌지 않는다. 그러나 그것은 소음을 누그러뜨리고, 견딜 만하게 중화시키려는 의도가 아니다. 어색한 침묵을 메꿔주는 미술이 아니라 관객을 침묵하게 만드는 미술을 나는 원한다. 소란스러운 잡담과 수다, 안 해도 그만인 말들이 범람하는 세상에서, 시각적인 오락이 너무 많아진 세상에서 가구처럼 멀거니 서 있는 미술을 할 수는 없다.

내가 하는 일은 미술이 아닐지 모른다. 아마 그럴 것이다. 미술가라는 이름으로 미술관에서 전시를 하고 미술에 관해 끊임없이 글을 쓰고 있지만, 내 작업이 미술인지, 미술에 대한 메타비평인지 미술의 외양을 빌려 쓴 생각의 방법인지 분명치 않다. 내가 마땅히 해야 할 미술을 해왔는지, 아니면 남들의 미술에 대한 논평과 비판, 때로는 조롱에 시간을 낭비해 왔는지. 남들의 미술에 대한 논평이 아니라 나의 미술을 해야 할 텐데, 아직 시작도 못 한 느낌이 든다. 어쩌면 나뿐만 아니라 많은 미술가들이 서로에 대한 부러움과 질투의 힘으로 작업을 하고 있는지 모른다. 서로에게서 영향 받고, 서로를 비판하고, 미술은 그런 게 아니라며 경합하는 수많은 목소리들의 집합체를 우리가 미술이라고 부르고 있는 것은 아닌지. 서로를 인정하고 서로에게서 허가를 주고받는 작가들의 집단에서 이탈하는 것, 미술가인지 아닌지를 타인의 인정에 의존하여 판단하는 소심한 관념에서 벗어나는 것이 지금 내게 필요한 도전이 아닌가. 모든 사람에게서 그는 미술가가 아니라는 말을 듣는 것, 또 다른 사람들에게서 그는 글 쓰는 문인이 아니라는 말을 듣는 것을 사티에게서, 페소아에게서 배워야 하지 않을까.

전망대는 사다리의 친척이다. 미래가 코앞까지 다가오기 전에 미리 높은 곳에 올라가 지평선 너머에서 무엇이 나를 향해 달려오고 있는지 알아보려면 사다리의 도움을 받아야 한다. 모세가 시나이산에 올라가 십계명을 받았듯이 우리에게 중요한 것은 대개 높은 곳에 있고, 예언자, 선구자, 지도자는 모두 먼 하늘 방향으로 오른팔을 들고 있다. 지상에 있는 자들에게는 그들이 가리키는 것이 무엇인지 보이지 않는다. 진리든, 신이든, 재앙이나 종말이든 우리는 높은 곳에 올라가 먼 곳을 바라보고 깨달음을 얻은 이들의 '말씀'을 통해서만 만날 수 있다. 물론 전망대는 여기서 일종의 은유이고, 물리적인 높이가 아니더라도 황야를 방랑하거나 산중에 은거하면서도 깨달음에 이를 수 있다. 전망대든 시나이산이든 황야든 세상으로부터 떨어져 홀로 도달하는 곳에서만 세상에 다가오는 미래를 미리 알 수 있다. 전망을 위해 높이 오르는 대신 스스로 지평선을 향해 다가가는 것, 수직 이동 대신 수평 이동을 통해서도 진리를 만날 수 있으니 이를 수행(修行)이라고 한다. 그 공통점은 자신이 속한 무리로부터 떨어져 나와 자신이 속했던 집단을 거리를 두고 바라보는 것, 필연적으로 고독을 동반한다는 사실이다. 전망대에 오르는 데는 추락의 위험을 감수하는 용기와 익숙한 세계를 떠나 고독을 견디는 힘이 필요하다.

삽은 육체 노동의 상징이다. 지하 갱도에서 석탄을 캐는 광부들의 도구, 건설 현장 막노동자의 도구, 전쟁터에서 참호를 파고 진지를 구축하는 병사의 생사가 걸린 도구이다. '삽질'은 단순하고 반복적이고 힘이 드는, 그러나 그 일의 성과는 보잘 것 없는 일을 비하하는 말로 쓰인다. 삽질에 필요한 것은 생각이 아니라 근육이고, 말이 아니라 땀이다. 삽 한 자루에 의지해 사는 삶에는 생각이 불필요하고 말이 방해가 된다. 가축처럼 주어진 일만을 묵묵히 수행하는 삶, 주위를 둘러보고 먼 곳을 바라볼 겨를이 없이 하늘을 등지고 허리를 굽혀 바닥만을 바라보는 삶이다. 아무리 그 삶을 미화하고 격려해도 그것은 바닥의 삶이다.

체 게바라가 "우리 모두 리얼리스트가 되자. 그러나 가슴으로는 불가능한 꿈을 꾸자"고 했을 때, 그것은 삽질을 통해 산을 옮기자는 말이 아니었을까. 사람들의 가슴속에 혁명의 불꽃을 심어주었던 이 말은 이상주의를 경계하고 현실에 복무하면서(삽질을 하면서), 이 혹독한 현실을 넘어설 것을 요구한다. 삽으로 산을 옮길 수 있다고 주장한다. 중장비가 삽질을 대신하고 드론과 인공위성이 사다리 대신 미래를 예측하는 세상에서 이 오래된 도구들은 가까스로 명맥을 유지하는 과거의 유물이 되었다. 기계가 하지 못하는 잔일, 잡일을 전담하는 도구, 아무도 주목하지 않는 이 원시적인 도구들의 모습은 예술가의 처지와 다르지 않다.

나에게 아직 불가능한 꿈이 있을까.

삽과 사다리에 대해 글을 쓰는데, 문득 이 글이 끝났는지를 어떻게 알 수 있는지, 더 할 얘기가 없다는 것을 어떻게 아는지, 여기까지 쓴 것으로 충분한지 알 길이 없다. 작가의 일도 마찬가지일 것이다. '이것으로 되었다', '충분하다'는 것을 어떻게 아는가. 지금까지 쓴 것들을 정리해 보고 빠진 내용이 있는지 살펴보는 수밖에 없다. 산책으로서의 글쓰기의 약점이다. 계획을 세워서 논문 쓰듯이 쓰는 글이 아니니 시작도 끝도 발길 가는 대로일 수밖에 없는 것이다.

시대착오는 인간에게만 있는 말이다. 야생동물들이야말로 구제 불능의 시대착오자들이지만, 그렇다고 해서 그들을 비난하거나 '동시대적'으로 진화시키려 한다면 미친 사람 취급을 받을 것이다. 그러나 인간에게는 시대에 뒤떨어지는 것이 치명적인 결함을 의미한다. 그것은 무능과 무지의 결과이고, 고립과 불행을 가져오며, 공동체의 결속을 해치는 반사회적인 행동으로 배척된다. 사회적 통제의 강도에 따라 어떤 사회에서는 시대착오가 용인되거나 방치되지만, 어떤 사회에서는 철저하게 금지되고 처벌된다. 구성원이 각자의 시대를 사는 것이 그 공동체의 이익에 반하는 까닭이다. 집단생활을 하는 동물에게 그렇듯이 인간에게는 대다수가 살아야 할 시대가 있다. 그 시대를 거부하는 자는 법에 의해 공동체에서 격리되는 처벌을 받거나 의학적 치료의 대상이거나 훈육과 교화의 대상이 된다. 예술에서도 같은 원칙이 적용된다. 사회 전체로 보면 예술가들이란 시대로부터 떨어져 나와 자신들의 시대를 사는 존재이지만, 그들의 집단 안에서도 시대착오에 대해 동일한 배척이 행해진다. 반 고흐는 당대 미술가들에게 시대착오자였고 그로 인해 인정받지 못한 채 불행한 종말에 이르렀다. 사후에 추서받는 훈장처럼 그에게는 시대를 '앞서간' 시대착오자라는 이름이 붙었다. 그러나 더 많은 시대착오자들은 죽은 뒤에도 그런 명예 회복의 행운을 누리지 못한다. 그러므로 고립과 몰이해의 위험을 감수할 용기가 없다면 동시대 안에 머물 수밖에 없는 것이다.

「악어 이야기」를 지금 다시 쓴다면 어떻게 될까?
시대착오자의 실패, 좌절기.

부재중인 작품을 전시하는 방법, 미완성인 작품, 심지어
아직 시작하지도 않은 작품을 전시하는 방법, 남의 작품을
빌려다 전시하는 방법, 훔친 그림을 전시하는 방법,
미술이 아닌 것을 미술로 전시하는 방법, 작가 자신이
만족할 수 없는 작품을 전시하는 방법, 작가가 예술적으로
사망(파산)했음을 선언하는 작품, 자신의 무능을 고백하는
작업을 전시하는 방법, 아무도 볼 수 없는 작업을 마음의
눈으로 보라고 주장하는 방법, 도저히 이해할 수 없는
난해한 작업을 전시하여 관객을 모멸감에 빠뜨리는 방법,
눈으로 보기만 하고 읽으면 안 되는 이유를 조목조목 밝히는
글을 큐레이터가 작성해서 작품 옆에, 작품에 방해되지
않도록 전시하는 방법, 순전히 글만을 사용해서 그림을
그리는 방법, 자기 자신 이외의 다른 어떤 작가도 믿거나
존경하지 않으면서 미술계에서 살아가는 방법, 자신과 50명
이내의 지인들로 구성된 느슨한 공동체의 일원으로 서로를
격려하는 호의와 우정의 예술가가 되는 방법, 미술의 관행에
정중하고 냉정하게 침을 뱉는 방법, 울면서 웃는 방법,
감정과 행위를 분리하는 방법, 속마음을 감추는 데 익숙해진
나머지 자신의 속마음이 무엇인지 알 수 없는 상태에
도달하는 방법, 그러고도 건강하게 천수를 누리는 방법,
이 모든 방법을 알려주기 위해 미술을 한다고 주장하며
미술가로 생존하는 방법, 관객을 위해 미술을 한다고 하지만
실은 자기 자신만을 위해 미술을 하는 방법과 그 반대의
방법, 세상의 탁류에 발을 담그지 않고 세상을 비판하는
방법, 이 모든 방법들 사이에서 자신만의 고유한 방법을
고안하고 전유하는 방법.

어떤 일을 하는 방법을 아는 것이 중요한 이유는 하려는 일에서 실패와 헛수고를 피할 수 있기 때문이다. 시행착오 없이 치밀하게 계획된 순서와 요령으로 원하는 목표에 가장 효과적으로 도달하기 위해서 일마다 특별한 방법이 필요하다. 세상에는 요리, 운동, 집수리, 인간관계, 자기 관리를 비롯한 수많은 방법들이 있고, 이 방법들을 알려주는 각 분야의 전문가들이 있다. 그들에게서 방법을 배우면 화가도 될 수 있고 정원사도 될 수 있고 행복한 노년을 보낼 수도 있다. 누구든 시간과 노력을 들이면 원하는 일을 불필요한 시행착오 없이 할 수 있다. 그러나 인간의 삶에는 그들이 가르쳐주지 않는 일들이 있다. 가르쳐줄 수도 배울 수도 없는 일, 아무도 해본 적이 없어서 정해진 방법이 없는 일, 자기 자신이 방법을 찾아야 하는 일들이 있고, 인생에서 정말 중요한 일들은 이런 일들일지 모른다. 남이 가르쳐준 대로 화가가 될 수 있고 걷기의 달인이 될 수 있으나, 어떻게 살아야 하는가, 지금 이대로 사는 것이 옳은가, 아니면 나는 누구인가 같은 질문에 답하는 방법은 자신이 찾아야 한다. 예술가는 남이 가르쳐주지 않는 일들의 방법을 찾는 데 자신의 삶을 탕진하는 사람이다. '어떻게'가 중요하고 '왜'는 질문하지 않는 세상에서 사람들이 하지 않는 질문을 하는, 실패와 헛수고의 전문가이다.

바다를 그리기로 했을 때 제일 먼저 할 일은 수평선을
어디에 둘지 정하는 것이다. 하늘과 바다를 일대일로 하여
수평선이 중앙에 오게 하는 것은 무난한 선택이다. 수평선이
그림의 주인공이 되고 하늘과 바다는 수평선을 위한 조연이
된다. 하늘에는 구름이나 노을이, 아니면 텅 빈 모노크롬
색면이 있고 바다에는 물결이나 윤슬이, 아니면 거친 파도와
하얀 포말이 있어서, 그것들 사이에 아스라이 멀어지는, 잡힐
듯 잡을 수 없는 수평선이 생겨난다. 수평선은 존재하지
않는다. 화가는 수평선을 직접 그릴 수 없다. 바다와 하늘을
그림으로써 수평선이 나타나는 것은 펄럭이는 깃발을
그림으로써 바람을 그리는 것과 같다. 붙잡을 수 없는
것을 붙잡고 멈출 수 없는 것을 멈춰 있게 하는 것이다.
수평선 그림이 저 너머의 세계, 지금 이곳이 아닌 피안의
유토피아를 상징하는 것은 그러므로 자연스러운 일이다.
하늘과 바다를 1대2, 또는 1대3 이상으로 하여 수평선이
화면의 위로 올라가고, 결국 수평선이 없는 그림, 저 너머를
약속하지 않는 수많은 물결과 반짝임과 흔들림으로 가득한
바다 그림을 그려본다. 수평선이 없는 바다 그림은 그리움도
희망도 없이 바람과 조류에 몸을 맡기고 모든 것을 내려놓은
물의 고요한 내면 풍경이다. 인간이 범접할 수 없는 무위의
경지, 무념무상의 위대한 실천이다. 바다에서 돌아오지 않은
아이들을 생각하는 그림이, 그들의 부모 형제와 친구들의
상실을 위로하는 그림이 이런 것이면 어떨까. 그 물결 하나,
반짝임 하나마다 남은 사람들의 간절한 한마디 말을 실어
보내는 그림. 글자들이 찬란한 윤슬이 되고, 결국에는 바다가
사라지는, 텅 빈 백색의 빛에 다가가는 그림. 수천 명의
마음속에서 흘러나오는 속삭임들이 모여서 바다를 이루는,
바다 그림.

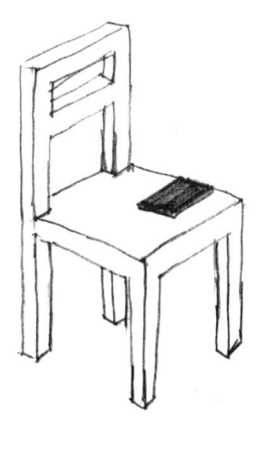

둘이 말기

의자로 할 수 있는 작업

1. 의자 두 개에서 일부분을 떼어 교환한다.
2. 무질서하게 놓인 여러 개의 의자들을 가로질러 하나의
   선을 긋는다. 원을 그리고 채색한다.
3. 두 개의 의자를 각각 사선으로 절단한 후 서로의 절반을
   접합한다. 또는 절단면을 일정 간격으로 이동시켜서
   단층을 만든다.
4. 두 의자 중 하나는 부서져 바닥에 흩어져 있고, 하나는 그
   앞에 온전히 놓여 있다.
5. 의자를 2센티미터 두께 슬라이스로 잘라서 단면을 석고에
   담가 패널로 만든다.
6. 의자에서 다리 하나를 떼어 지팡이를 만든다. 세 발로 서
   있는 의자. 그 옆에 기대어 서 있는 지팡이. 또는 그 반대.
7. 의자 배치로 인간관계를 비유한다.

반짝이는 물결의 빛은 그림 밖에서 온다. 수평선은 그림 밖에 있다. 관객이 적는 말 한마디가 윤슬의 빛이 되고, 관객의 마음속에 각자의 수평선이 있다.

아이디어가 실제로 작품이 되기 전까지는 좋은 것 같다. 작업을 시작하면서부터 문제가 나타난다. 스케치와 글이었을 때는 괜찮던 아이디어가 평범하고 한심한 것이 된다. 누군가 이미 비슷한 작업을 했던 것이 아닌지 걱정하고, 그 누군가가 나 자신이었다 해도 자기 복제, 동어 반복이 아닌지 자문한다. 작업의 기반이 흔들리고 드로잉으로 구축해 놓은 뼈대가 의심스러워진다. 이 작업을 계속하는 게 맞나, 의미가 있나, 작업을 하는 동안 끊임없이 나의 선택들을 의심한다. 목적지에 도착하지 못하고 좌초하는 이유가 허약한 아이디어 때문인지, 나 자신에 대한 확신이 부족해서인지, 아마 둘 다였겠지만. 차라리 스케치북의 아이디어 상태로 남겨두는 편이 나았을지 모른다. 실패한 아이디어들을 모아서 실패에 대한 전시를 하거나 책을 묶을 수 있겠다는 생각이 떠오른다. 자기 검열과 형식의 난관들을 통과하기 전 순수한 몽상과 희망으로 가득했던 아이디어들의 모음을 만들 수도 있겠다. 한쪽은 좌절과 실패, 다른 한쪽은 착각과 공상의 책이 될 것이다. 이것 역시 아이디어로는 좋은 것 같다.

VI

세상에는 당연한 일과 특별한 일이 있다. 아침이 오면 해가 뜨는 것은 당연한 일이고 벽돌을 쌓으면 벽이 생기는 것도 당연한 일이다. 슬플 때 눈물이 나는 것은 당연한 일이고 부끄러움을 모르는 인간을 보면 화가 나는 것도 당연한 일이다. 그러나 어떤 날의 아침 해는 특별한 일이 될 수 있고 어떤 특별한 장소의 벽은 특별한 벽이 될 수 있다. 슬픈 일이 없는데 눈물이 나는 것은 특별한 일이고 부끄러움을 모르는 인간들과 아무 일 없다는 듯 매일매일을 살아가는 것은 특별한 일이다. 그러므로 당연한 일과 특별한 일 사이에는 뚜렷한 경계가 있는 것이 아니다. 하나의 동일한 일이 당연한 일이 될 수도 있고 특별한 일이 될 수도 있다. 나는 당연한 일을 특별한 일처럼 하고 특별한 일을 당연한 일처럼 하는 데 관심이 있다. 사다리를 피라미드처럼 쌓으면, 저 높은 곳까지 올라갈 수 있는 것은 당연한 일이다. 미술관의 벽을 뜯어 내면 합판과 각목과 배관과 콘크리트가 나오는 것은 당연한 일이다. 그 당연한 일을 특별한 일처럼 하고 있다. 아니, 그 당연한 일을 특별한 일로 만들고 있다. 내게는 특별한 노하우도 특별한 비밀도 없다. 특별한 예술가가 되기 위해 인생을 거는 사람들 사이에서 나는 당연한 일로 특별한 일을 만드는 당연한 예술가가 되려 한다. 특이하고 별난 미술가가 아니라 아침이 오면 해가 뜨는 것처럼 당연한 일을 하는 미술가가 됨으로써 특별한 미술가가 될 수 있을지 알아보려 한다.

자를 사용하지 않고 직선을 긋는 것은 쉬운 일이 아니다. 시작은 나쁘지 않았는데 아차 하는 사이에 비뚤어지고, 이것을 바로잡으려면 잘못된 지점으로 돌아가서 지워내고 다시 시작해야 한다. 잘 되고 있다고 안심하는 순간 이미 어긋난 방향을 향하고 있다. 줄타기를 하는 사람처럼 잠시도 긴장을 내려놓을 수 없다. 우리의 몸이 외줄 위에서 균형을 잡기 어렵듯이 우리의 손과 손목과 팔과 팔꿈치와 어깨는 곧은 직선을 그리기 어렵게 되어 있다. 오랜 연습으로 신체의 한계를 넘을 수 있어야 가능한 일이다. 해부학적인 몸의 구조가 기계적인 움직임에 맞도록 조정되어야 하는 것이다. 연습이나 조정 없이 직선을 그리는 방법에는 두 가지가 있다.

하나는 선을 긋는 속도를 아주 느리게 하는 것이다. 점의 연속이 선이 된다는 생각을 하면서, 시작하는 지점에서 끝나는 지점 사이를 수많은 작은 점들로 채워나가다 보면, 시간은 좀 걸리더라도 성공적인 직선 하나를 그릴 수 있다. 다른 하나는 이와 반대로 선을 긋는 속도를 극단적으로 빠르게 하는 것이다. 시작하자마자 바로 끝나도록 함으로써 손이 실수를 할 여지를 남기지 않는 것이다. 구불구불 휘어진, 지리멸렬하고 우유부단한 선을 긋는 것은 내 몸을 나의 의지로 통제하지 못하는 나의 무능함을 입증하는 일이다. 선을 긋겠다는 내 의지를 몸이 배반할 겨를도 없을 만큼 빠른 속도, 그러니까 내가 직선을 그으려 한다는 것을 몸이 알아차리고 즉각 그 일을 방해하려 들기 전에 선 긋기를 이미 끝낼 수 있는, 눈 깜짝할 사이의 속도로 제법 그럴듯한, 매끄러운 직선을 그릴 수 있다.

후자는 전자에 비해 소요되는 시간이 적고, 사사건건 내가 하려는 일을 가로막는 훼방꾼인 내 몸에 근사한 한 방을 먹일 수 있다는 장점이 있다. 자신감 있는, 거침없는, 대범한 따위의 긍정적인 논평을 들을 수도 있다. 누가 선 하나를 놓고 그런 논평을 할 만큼 한가할진 모르겠지만 말이다. 반면에 전자의 방법은 시간과 노력이 더 많이 소요되고 나의 직선을 비뚤게 하려는 내 몸과 매 순간 대치하는 긴장을 견뎌야 하는 단점이 있고, 앞의 그 한가한 논평가로부터 소심한, 신중하지만 자신감이 없는, 의심이 많은, 실패에 대한 불안에 휩싸인, 아마추어 같은, 고지식하고 융통성 없는, 관료적인, 자유롭지 못한 따위의 부정적인 형용사로 가득한 논평을 들을 수 있다는 더 치명적인 단점, 자신의 내면을 타인의 부당한 시선에 노출시키게 되는 문제가 있다. 선 하나를 긋고서 이런 일을 당하는 것은 물론 터무니없고 부당한 일이다.

물론 제3의 길도 있다. 내가 자를 사용하지 않고 긋는 직선이 곧지 않고 구불구불한 것을 당연한 것으로 받아들임으로써 내 안의 장애물이자 훼방꾼인 내 몸을 나의 편으로 인정하는 것이다. 내가 긋는 직선은 직선을 그리려는 나의 의지와 내 몸의 합작품이지 불완전하고 동물적인 내 몸에 대한 정신 승리의 결과물일 수 없음을 받아들이는 것이다. 전쟁이 아니라 평화, 대립이 아니라 화해와 같이 익숙한 구호를 내 안에서부터 실천하는 의미가 있다. 나아가서 이 구불구불한 선이 직선이라고 주장할 수 있다. 자를 대고 그은 듯한 직선만이 유일한 직선이라는 고정관념에 이의를 제기하고, 누가 직선과 직선 아닌 것을 구분하고 판정하느냐는 질문을 통해 제도와 정치에 대한 비판에까지 참여할 수 있다. 선 하나를 긋고서 이 많은 일들을 할 수 있다는 것이 놀랍지만 절대 과장이 아니다.

이 긴 설명에도 불구하고 선 긋기가 어렵게 느껴지는
사람이 있을 수 있다. 선은 방향을 갖는 법인데 도무지 어느
방향으로 선을 그어야 할지 알 수 없을 때는 도리 없이
점에서부터 시작해야 한다. 빈 캔버스에 점 하나를 찍는
것도 아무나 할 수 있는 일이 아니고, 거기에도 무한한 선택
가능성 중 하나를 골라야 하는 고뇌가 요구되지만, 그래도
점에서 시작할 수 없다면 아무것도 시작할 수 없을 터이니,
뭐라도 시작하려 한다면 점에서 시작하기를, 그렇게 서서히
선 긋기로 넘어가기를 권하는 것이다.

예 술

비 예 술

반 예 술

키 치

그 냥 선

의도한 것은 아닌데 농담 취향이 도진 것 같다. 가능한 한
진지하게 꼭 필요한 말만 하고 웬만하면 침묵하자는 다짐을
잊고 말을 많이 하는 것에 더하여 우스꽝스런 헛소리까지
늘어놓고 있다. 물론 그 심사를 이해 못 할 바는 아니다.
세상이 내 마음 같지 않은 것, 당연한 것이 당연히 이뤄지지
않고, 지나갔다고 여겼던 것이 다시 돌아오는 공회전과
헛수고에 지치다 보니 이렇게 될 수밖에 없지 않은가.
웃어넘기는 수밖에. 최선은 아니지만 그래도 울고 있는
것보다는 나을 것이다.

뉴스는 당연한 일을 보도하지 않는다. 개가 사람을 무는 것은 기삿거리가 되지 않지만 사람이 개를 물면 기사가 된다고 했던가. 뉴스를 내보낼지 말지 결정하는 편집자는 자신의 일을 당연하다고 생각한다. 독자나 시청자의 흥미를 끄는 것은 당연한 일이 아니라 특별한 일이고, 그 특별한 일들을 신속히 전하는 것이 자신의 일이라고 믿기 때문이다. 모든 언론사의 편집자들, 유튜버들이 이것을 당연하다고 생각한다. 그들이 전해주는 특별한 일들의 합계가 지금 우리가 살고 있는 세상의 모습이 된다. 세상이 어떻게 돌아가는지 알려고 뉴스를 보는데 세상은 온통 특별한 일들만으로 가득 차 있다. 사람이 개를 무는 일들만으로 '세상이 돌아가는' 것 같고, 그 세상은 미쳐 돌아가는 세상인 것이 분명해 보인다. 혀를 차고 분노하고 불안에 떨며 매일 같은 분량의 특별하고 흥미롭고 자극적인 일들의 소식을 복용하는 것을 당연한 일로 여긴다. 뉴스를 보지 않는 것은 독서를 하지 않는 것처럼, 당연한 일을 하지 않는다는 지탄의 대상이 된다. 재난과 사고, 전쟁과 범죄, 정치인과 관료가 쏟아내는 자극적이고 특별한 말들이 추려지고, 그 자극의 강도가 높은 순서대로 보도된다. 덜 특별하고 덜 자극적인 것들은 뒤로 밀리다가 결국 빠지고 만다.

가장 강도 높은 특별한 일들이 추려져서 전 국민에게 실시간으로 전달되는 이 메커니즘은 당연한 것인가, 아니면 특별한 것인가. 반복되는 자극에 중독된 시청자들이 다음 날 만나서 똑같은 양의 분노와 개탄으로 뉴스에서 본 특별한 일들에 대한 똑같은 논평을 늘어놓게 되는 것이 정말 당연한 일인가. 그것으로 개인들이 하나의 공동체가 된다면 그 공동체는 잡담의 공동체라고 해야 할 것인데, 그것을 과연 공동체라고 부를 수 있을까.

중요한 것은 우리가 자극에 길들여져 있다는 것이다. 전쟁과 재난에 경악하고 피해자들의 처지에 공감하지만 그 강렬한 자극을 또 다른 전쟁과 재난으로부터 느낄 수 있기를 원한다. 자극이 덜한 뉴스는 심심하다고 불평하고, 오늘은 뉴스거리가 없어서 저런 걸 뉴스라고 올렸느냐고 비난한다. 바깥 세계의 불행과 혼란이 나의 심리적 안정과 현재에 대한 만족감의 원천이 되는 것이 당연한 일인가. '다행이다, 내게 저런 일이 일어나지 않아서.' 이것이 실시간 뉴스를 보는 인류의 보편적 감정이 되는 것은 정말 특별한 일이 아닌가. 지난 선거 이후에 뉴스를 끊었다는 사람들이 있고, 그로 인한 정치적 무관심이 걱정스럽기도 하지만, 우리에게는 선정적 자극의 브레이크 없는 질주를 멈출 해독제가 필요하다. 특별한 일에 대한 중독에서 벗어나 당연한 일들을 주의 깊게 살펴보는 여백의 시간이 필요하다.

미술의 경우는 어떤가. 여기도 사정이 크게 다르지 않다. 특별하지 않으면 기회가 없다. 다르고 새롭고 놀라운 것을 만드는 것이 미술가의 목표가 되었다. 우리가 알고 있는 과거의 미술과 비슷하고, 그래서 새롭지도 놀랍지도 않은 미술은 진부하고 시대착오적인 것으로, 대중의 통속적 취향에 영합하고 상업적인 목표를 추구하는 것으로 배척된다. 당연하지 않은 것, 예상과 기대를 저버리는 것, 당혹감과 충격을 주고 관객을 모독하고 분노하게 만드는 것, 큐레이터의 해설과 도슨트 투어, 작가와의 대화처럼 작품에 대한 추가적인 말과 글의 도움을 받지 않으면, 그리고 최소한 수십 명에 이르는 동시대 미술가들에 대한 사전 지식이 없으면 관객이 그 앞에서 아무것도 시작할 수 없는 미술, 그럼에도 작가는 관객에게 어떤 경험을 제공하고 동시대와 사회에 대해, 우리 삶에 대해 의미 있는

성찰을 유도하는 것을 자신의 목표로 확고하게 믿고 있는 것, 그것을 미술가의 의무이자 권리로 여기는 것, 이것이 내가 추구해 왔고 학생들에게 가르쳐왔고 지금도 하고 있는 미술이다. 미술이 당연히 그래야 한다고 여겨왔고 혹시라도 누군가 먼저 발표한 작품과 비슷한 작품을 한발 늦게 하고 있지 않은지 강박적으로 노심초사하는 것이다. 의도하지 않았어도 다른 작가와 비슷한 작품을 하는 것은 미술가의 윤리를 위반하는 행위로 비난받는다. 한 작가를 공격하려 할 때 표절 의혹처럼 효과적이고 치명적인 스캔들은 없다. 저작권을 둘러싼 법적 분쟁, 남의 아이디어를 도용한 작가라는 지울 수 없는 오명을 피하기 위해 작업을 시작하기 전에 구글을 통해서라도 남의 작품들을 검색해 보고, 아무도 자신과 유사한 작업을 한 적이 없었음을 확인하는 것이 미술가의 당연한 직업 윤리가 되었다.

원작 , 진짜 , 단호함
강인함, 완성, 작품
새로움, 독일함.

복제 , 가짜 ,
나약함 , 미완성, 습작
진부함, 평범함

미술이라는 이름의 영토는 이로써 계속 팽창할 수밖에 없다. 미술사의 거장들과 동시대 원로 중진들이 주요 거점을 각자 차지하고 있으므로 신인들은 그들이 점유한 번화가를 피해 뒷골목, 지하실 따위의 틈새를 찾아서 파고들거나, 이것이 여의치 않으면 아직 빈 땅이 남아 있는 교외로, 신도시로 빠져나가서 그곳에서 자신들의 정착지를 찾는다. 그 정착지가 미술이라는 도시에 편입될지 아니면 경계 밖의 이름 모를 외딴섬이 될지 모르는 채 미술가들은 밖을 향해 뿔뿔이 흩어진다. 도시의 번화가에 있을 때 미술가들은 서로 이웃이고 경쟁자였고 자극과 공감을 주고받는 사이였다면, 이제 각자의 자리를 찾아 사방으로 흩어진 작가들은 먼 친척들처럼 서로의 소식을 알기 어렵다. 그들은 여전히 도심에 있는 미술관과 갤러리를 자신의 목적지로 삼으며 대안 공간을 통해 그 가능성을 탐색하지만 자신이 중심에 다가가고 있는지 멀어지고 있는지 알 수 없다. 중심 자체가 움직이는데 도시를 떠나 한적한 전원으로 귀농한 자신이 어디에 있는지를 알기 어렵다. 미술가들은 태양으로부터 멀어지는 원심력의 영향을 받고 있는데, 자신이 태양을 향해 다가가는 구심력을 받는다고 생각하면서 자신도 모르는 곳으로 사라지고 있다.

무한히 펼쳐진 이미지의 바닷가에서 모두가 자신만의 조약돌을 찾는다. 이곳을 떠나려 한다면 차이와 다름이 아니라 평범함과 특성 없음을 추구해야 할 것이다.

가장 먼 곳까지 갈 수 있다면 언젠가 발견될 수 있다는
믿음으로 뒤돌아보지 말고 가던 길을 가야 한다. 아니, 그
믿음조차 버려야 한다.

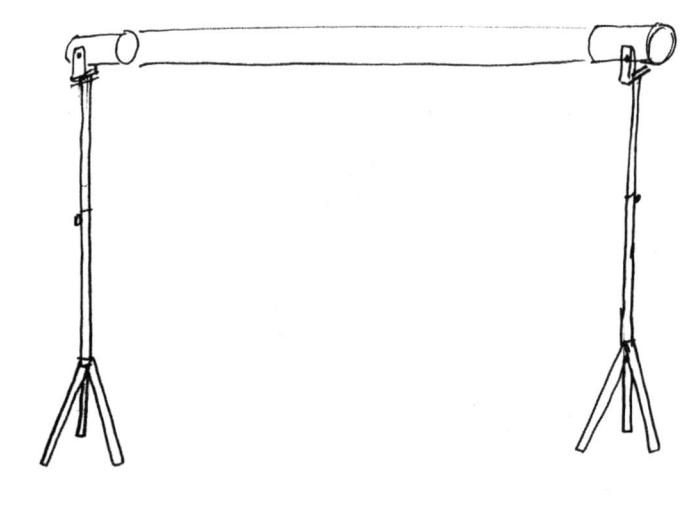

전등 두 개가 서로를 마주 보고 서 있다. 둘은 서로를 향해 빛을 보낸다. 자신들이 가진 유일한 능력이자 모든 것인 밝은 빛으로 세상의 어둠을 밝히는 대신, 그렇지 않아도 밝은 빛을 향해 빛을 보낸다. 두 개의 빛이 교차하며 서로의 근원에 도달한다. 그들에게 자신들 이외의 세계는 아무것도 아니고 아무래도 상관없다. 연인들처럼 서로에게만 속삭이듯 빛을 보냄으로써 그 밖의 세계로부터 이탈한다. 두 개의 전등이 만드는 작은 세계와 그 바깥의 세계가 나뉜다. 그들은 세계에 자신들의 그림자를 던진다. 그러다가 전원이 꺼진다. 영원할 것 같았던 빛이 사라지고 연인 같았던 둘의 관계도 없던 일이 된다.

글 쓰고 말하는 일로 평생을 살아왔으니 단추만 누르면 말과 글이 쏟아져 나오는 것은 당연한 일일지 모른다. 특별할 것 없는 내용들 중에 더러 괜찮은 것이 나오기도 하니 공연한 헛수고는 아닐 것이다. 아무것도 안 했으면 없었을 문장과 지나쳐버렸을 생각들을 건져 올려서 다듬고 살펴보는 일로 하루를 시작한다. 내 작업이 자라는 텃밭이다.

시대적 배경도, 장소적 배경도, 등장하는 특별한 인물도 없는 사뮈엘 베케트의 연극처럼 내 작업에도 시대, 장소, 인물이 없다. 그것들이 부재하는 사물들은 어느 시대 어떤 장소에서나 있을 수 있는 사물들이고, 그 안에서 그것을 사용하는 사람의 모습과 생각을 읽을 수는 있으나 그 사람은 특정한 인물이 아니라 그 누구였어도 상관없는, 아무도 아닌 누군가일 뿐이다. 구체적이든 보편적이든 인간의 삶은 다르지 않고, 우리가 인간인 한 인간에 대해서만 말할 수 있다.

불의를 보고도 못 본 척하는 것은 사람의 도리가 아니라고 한다. 부조리를 방관하고 묵인하는 것은 지식인의 태도가 아니다. 실천하지 않는 이성은 타락한 이성이다. 세상이 모순과 불의로 가득한데 침묵하며 자신의 예술만을 계속하는 것은 비겁하고 이기적이고 부도덕한 현실도피이다. 80년대에 이런 신념으로 함께했던 선배와 동료들 중에서 어떤 이들은 꿋꿋이 가던 길을 갔고 어떤 이들은 다른 길을 택했다. 나로 말하면 후자에 속한다 할 것이다. 그러나 지식인의 역할에 대한 나의 생각은 변한 게 없다. 형식이 달라졌고, 사회에 대한 직설적 일러스트레이션을 그만두었을 뿐 태도 자체는 그대로이다. 분노가 부족해서도 아니고 문제의식이 약해져서도 아니다. 내게 필요했던 것은 현실을 조망할 수 있는 거리였고 숙고할 수 있는 공간이었다. 군중 속에서 멈춰 있을 시간, 혼자 있을 방법이었다.

조형(造形)은 미술의 다른 이름이었다. 형태를 만드는 것이 조각가의 일이었고 우리는 모두 그 일이 세상을 더 나은 곳으로 만든다는 믿음에 귀의했다. 그 믿음을 버림으로써 나는 이교도가 되었다. 새로운 형태를 발견하고 그것을 자신의 감성과 사유와 영혼에 연결 짓는 신실한 동료들을 떠나서, 세속의 사물들의 세계로 내려왔다. '예술'로 인정받지 못하는 일상의 도구들에서 다른 가능성을 찾았다. 새로운 형태가 아니라, 있는 사물을 새로운 관계와 맥락 속에 새롭게 배치함으로써 관객에게 다른 경험을 제공하는 것이 나의 목표가 되었다. 뒤샹과 워홀을 받아들였으니 나의 미술이 서구 미술의 영향을 받았다는 것은 맞는 말이고, 부끄러워하거나 비난받을 일은 아니다. 나는 마그리트의 팬이었고 카바코프의 태도를 배웠다. 카프카와 베케트는 나의 우상이었다.

평면 위에 점 하나를 찍는 것이 어렵다면 평면 전체를
하나의 면으로 보고 단색을 칠하는 것으로부터 그림을
시작해 볼 수 있다. 여기서도 물론 수천 가지 색 중 하나를
선택해야 하는 어려움은 있고, 자신감이 부족해서 선택
장애를 겪는 사람에게는 그것도 중대한 난관일 수 있다.
백색이나 검정색 또는 그들 사이의 절충으로 회색을
택하는 것이 무난한 시작일 것이다. 그렇게 시작해서 면을
둘로 나눠보고 분할된 두 면에 대조적이거나 조화로운 두
가지 색상을 칠하는 것으로 한 단계 나아갈 수 있고, 점차
분할되는 면의 숫자를 늘려가면서 계속해서 복잡한 면들로
이루어지는 화면을 만들어갈 수 있다.

이 글들은 나의 작업을 지키기 위한 조개껍질 같은 것인가? 내 작업이 이런 생각으로부터 나왔음을 입증하는 알리바이로서 이 글들을 쓰고 있는가. 어제의 껍질을 깨는 것이 아니라 강화하기 위해서 이 글들을 쓰고 있는 것인가? 그렇지 않고, 그래서도 안 된다. 매 순간 깨어 있기 위해, 생각을 앞으로 밀고 나가기 위해 써야 한다. 동어 반복의 독백이나 기도문이 아니라 실천으로서의 글을 써야 한다. 어제의 나와 작별하는 글, 어디서부터가 잘못이었는지를 알고 그것을 뜯어고치는 글, 무모한 모험을 위한 글, 그것이 아니라면 아무것도 아닌 글.

나는 고등학교 때까지 영어와 한문을 배웠고, 제2외국어로
독일어 수업을 들었다. 미술대학에 들어가서는 프랑스어를
배웠고, 잡지사에서 기자 일을 하는 동안 일본어 기초를
배우고 회사에서 제공하던 영어 회화 강의를 들었다.
프랑스 유학을 가려고 알리앙스 프랑세즈를 2년 가까이
다니며 프랑스어를 배웠고, 파리로 갔다가 반년 만에 계획을
바꿔 독일로 옮기는 바람에 다시 독일어를 배워야 했다.
독일어가 어느 정도 익숙해질 때쯤 이탈리아 출신 지도
교수를 만났는데 그분이 독일어를 거의 못 했기 때문에
손짓발짓으로 토론을 하는 것이 너무 답답해서 이탈리아어
기초 회화를 독학으로 배웠다. 서구에서 태어나지 않은
탓에 인생의 많은 시간을 외국어 공부로 보냈지만 외국어를
수용하는 뇌의 저장 용량이 부족한 까닭에 새 외국어를
배우다 보면 전에 힘들여 배웠던 다른 언어를 잊게 되고,
영어로 대화하는 동안 독일어를 섞어 쓰는 고질적인
후유증을 얻었다. 아무튼 이 오랜 외국어 공부의 오디세이를
거치고 난 뒤에 주로 독일어 책을 찾아 읽게 되었다. 빌렘
플루서는 내 독서 목록에서 가장 중요한 위치를 차지했고,
보리스 그로이스가 그 뒤를 이었다. 그중 일부를 수업에서
학생들에게 소개하다가 출판사의 도움으로 몇 권의
번역서를 내기도 했다.

그러나 번역은 잘해야 본전이다. 많은 경우 본전도 찾기
어렵다. 원본보다 나은 번역본이란 있을 수 없고, 원본을
아무리 충실히 옮긴다 해도 그 뉘앙스까지 옮기는 것은
불가능하기 때문이다. AI가 진화하면서 가장 먼저 사라질
직업이 번역가라고도 하지만, 나는 그럴 리가 없다고
생각한다. 시나 소설을 다른 언어로 번역하는 일은 계속
인간의 영역으로 남을 것이다. 번역은 단순히 단어와

단어를 일대일로 대응시키는 작업이 아니다. 단어가 속해 있는 문화적 맥락이 있고, 문장 하나하나가 역사와 관습에 연결되어 있다. 이것을 덮어놓은 채 의미만 전달하는 번역은 원문의 앙상한 윤곽만 전해줄 뿐이다. 완전한 번역이 불가능하다는 것을 인정하고, 필요한 경우 원문과 번역문을 나란히 싣는 것이 옳다.

오역은 별개의 문제라고 하더라도, 오역이 아닌데 의미가 전달되지 않는 번역이 있다. 원문 자체가 난해해서 어쩔 수 없는 경우가 물론 있겠으나, 이보다 흔한 경우는 번역자가 자신이 이해한 내용을 번역문에 제대로 옮기지 못했기 때문이다. 번역자는 자신이 원문을 완전히 이해했고, 그것을 번역문에 그대로 옮겼다고 생각한다. 번역문의 언어는 번역하는 사람의 모국어일 경우가 많고, 번역자는 자신이 완벽한 모국어를 구사한다고 생각하지만, 한 가지 간과하기 쉬운 문제가 있다. 독자는 번역자 자신과는 다르게 원문 아닌 번역문만 읽는다는 사실이다. 미숙하거나 성급한 번역자는 이 부분을 놓친다. 그러나 원문을 모르는 채 번역문만 읽게 될 독자가 불필요한 오독과 혼선에 빠지지 않도록 배려하는 것은 번역의 첫 번째 덕목이다. 우리 세대의 많은 이들이 그랬던 것처럼, 허술한 번역서를 붙들고 내용을 이해하지 못하는 것이 내 탓인 줄만 알고 남몰래 괴로워했던 수많은 젊은 날들을 생각하면 고약한 번역은 범죄와 다를 게 없다.

CT 촬영에서 6밀리미터 크기의 흰 반점이 나왔다고 한다. 폐암의 가능성을 배제할 수 없다는 소견이다. 몸 전체가 거대한 미지의 땅 같다. 무엇이 어디서 자리를 잡고 세력을 키우고 있는지 알 수 없는 대륙이다. 그동안의 검진에서 10년 이상 꼼짝도 않던 것이 2밀리미터 커졌다는데, 추이를 지켜보고 변화가 포착되면 바로 조치한다는 것밖에 아는 것이 없다. 이것이 인생이다. 내 몸이라는 곳에서 내가 모르는 일들이 벌어진다. 나는, 점령은 했지만 장악할 수는 없는 땅을 관리하는 무능한 관리인, 무한 책임을 져야 하지만 아무 권한이 없는 대리인이다.

집 곳곳에 손볼 곳이 있다. 샤워 꼭지에서 물방울이 똑똑 떨어지고, 발코니 난간의 칠은 오래되어 녹이 슬고, 거실 바닥의 마루는 여기저기 얼룩이 졌고, 덧창의 나무는 휘어서 틀어졌다. 그것들을 손봐야 한다는 걸 알면서도 웬만하면 미룬다. 그것들이 어떠해야 하는지를 알지만 가능한 한 뒤로 미뤘다가 도저히 방치할 수 없는 지경에 이르러서야 손을 댄다. 집이 그렇듯이 나 자신도 손봐야 할 것이 한두 가지가 아니다. 오늘 할 일만이 아니라 어제 했어야 할 일도 내일로 미룬다. 작업에서는 완벽주의자가 되려 하지만 삶에서는 결함투성이인 것을 고치려 하지 않는다. 작업에서 완벽하기 위해서는 그 외의 일에 소홀해도 어쩔 수 없다고 둘러댄다. 그럼으로써 결함은 내 삶에서 자기 지분을 유지한다. 잘못 끼운 단추처럼, 물이 새기 시작한 수도꼭지처럼 잘못이 시작된 지점으로 돌아가 근본적인 문제를 해결하는 대신 묵인하고 방치하고 나중으로 미루면서, 불완전함이 나의 동거인처럼 내 안에 머물 공간을 남겨둔다. 도시를 완벽하게 새로 건설하는 것이 불가능하듯이 나의 헛점과 결함을 완전히 제거한 완벽한 나를 만드는 것도 불가능하다고 생각한다. 불완전함은 내 정체성의 일부이다.

책꽂이의 책들은 다른 책들 사이에 끼어 있다. 그것들은
서로 의지하며 모여 있지만 옆의 책들에 무관심하고 두꺼운
표지 속에 자신들을 숨긴 채 침묵한다. 옆에 있던 책이 다른
책으로 바뀌거나 사라져 버려도 상관하지 않는다. 그것들은
자신들의 저자와 독자 사이를 잇는 통로, 메신저의 역할에만
충실할 뿐 그 외의 세상사에 일체 관여하지 않는다.
누군가가 자신을 발견하기를 기다리고 그러다가 어떤
사람의 삶에 끼어드는 것이 그들의 일이다.

그것들은 서 있는 채로 잠을 잔다. 누구든 손을 뻗어
간단히 꺼낼 수 있다. 언제든 열 수 있는 다른 세계로
통하는 문. 각자의 비밀을 간직한 서랍처럼 책등에 제목이
적혀 있다. 책은 이렇게 책꽂이에 서 있을 수 있고, 바닥에
눕혀져 기둥처럼 쌓일 수 있고, 펼쳐져서 자신에게 주어진
원래의 일을 할 수 있다. 책이 취할 수 있는 자세는 기다림,
버려짐(잊힘), 만남의 세 가지 중 하나다. 영원히 기다리는
책이 있고, 기다림을 포기한 채 기둥이 되거나 받침대로
용도가 바뀌는 책이 있다. 대부분의 책이 여기 속한다.
읽어도 끝나지 않는 책, 영원히 누군가에게 펼쳐져 있는
책이 되려는 것, 결국은 책 속으로 들어가려는 것이 모든
이의 소망이라면, 나는 어떤 책이 될 것인가.

인간이라면 자기 무덤이 될 구덩이를 사형수 자신이 파게 하는 비열한 짓은 하지 말았어야 한다. 그러나 그런 짓은 어디서나 자행되었다. 인간은 이보다 더한 짓을 하고도 변명을 찾아내는 존재다.

쓸 얘기가 하나도 없는 아침. 빈 노트를 덮고 하루를 시작하자니 마음이 불편하다. 상상력의 고갈, 작가로서의 몰락의 징후가 아닌지 걱정이 된다. 연주자가 연습을 하듯이 나는 글을 쓰는데 내가 글쓰기의 목표를 너무 높게 잡은 것일까. 뭔가 반짝이는 생각이 떠오르지 않으면 시작하기가 어렵다. 평범하고 허술한 잡담이 아니라 어제까지 없었던 새롭고 특별한 문장 하나를 찾지 못한 채로는 글쓰기를 시작할 수 없다. 매일 신기록을 경신해야 하는 높이뛰기 선수처럼, 또는 높이뛰기 선수가 멀리 뛰기나 마라톤에 도전하는 것처럼 새로운 생각을 종이 위에 끌어내려 한다. 육상선수는 훈련을 통해 신기록을 만드는데, 나는 이 글쓰기에서 기대하는 새로움을 위해 어떤 훈련을 하고 있는가. 아무것도 하지 않고서 쓸 게 없다고 한탄하고 스스로를 질책하는 것은 어리석은 일이다. 글 쓰는 아침뿐만 아니라 하루 종일 내게 떠오르는 모든 생각들을 붙잡아 놓는 훈련이 필요하다. 더 많이 읽고, 더 많이 보는 것이 필요하다.

어느 직종에든 전형적인 문제가 있다. 관료들은 융통성이 없고 원칙주의적이고 관료적이다. 정치인들은 약속을 지키지 않고 사기꾼들은 죄의식이 없다. 예술가들은 자신이 최고인 줄 안다.

세 개의 삽날이 한 몸으로 붙어 있는 이 물건을 무엇이라 불러야 할까요. 공장에서 어떤 정신 나간 노동자가 잠깐 한눈을 파는 사이에 생겨난 변종이거나, 하찮은 일상의 도구들에서 용도를 제거하고 엉뚱한 제목을 붙여 예술 작품이라 주장하는 뒤샹의 추종자가 만든 유사 예술품이거나, 이도 저도 아니면 우연과 실수의 신이 던지는 농담처럼, 특별한 이유도 의미도 없는 수많은 세상사에서 특별할 것 없는 하나의 사례일 테지요. 그것은 출처가 불분명한 채로, 특별한 의미도 아직 부여되지 않은 모호한 기호로 관객 앞에 놓여 있습니다. 작가가 자기 전시실에 전시해 놓았으니 어떻든 작가의 손을 거친 것이고, 불친절하게도 '무제'라는 제목을 붙여놓았으니 작품이라고 보는 게 맞겠지요. 그러나 그 '작품'이 과연 무슨 얘기를 하고 있는지 알 수가 없군요. 평소에 주목하지 않았던 삽의 형태에서 아름다움을 발견하라는 것인지, 샴쌍둥이처럼 삽날이 나란히 붙어서 기능에 문제가 생긴 불행에 공감을 해보라는 것인지 도무지 짐작이 가지 않아서, 관객으로서 작가에게 무시당한 것 같은 불쾌감이 드는군요. 작가는 관객의 불쾌감을 유발하는 것을 자신의 특권이라고 믿는 것일까요. 작품이 아닌 것을 작품이라고 주장하는 자신의 언변과 포장술을 과시하려는 것일까요. 이것은 삽이 아니에요. 여기에 삽자루가 달려 있다고 상상해 보세요. 세 사람이 그 삽을 두 손으로 잡고 땅을 파는 모습을 그려보세요. 그들은 이 멍청한 도구로 흙 한 삽도 제대로 뜰 수 없어요. 엉거주춤하게 땅을 파는 시늉을 하는 데 그칠 뿐이지요. 그러니 그것이 만약 무슨 의도가 있는 물건이라면, 다른 것을 가리키는 기호라고 봐야 하는 것이 분명합니다. 작가는 그 얘기를 털어놓으려 하지 않습니다. 마치 그 기호가 무엇을 가리키는지를 이야기하면 결말을 미리

털어놓은 소설처럼 작품의 가치가 떨어진다고 생각한다는 겁니다. 관객이 직접 그것의 숨은 의미를 찾아야 한다고 주장하는데, 그럴 수 없는 관객으로서는 불쾌할 수밖에 없죠. 그러나 그는 관객의 불쾌감과 당혹감과 수고로움을 조금도 덜어줄 생각이 없고, 그로 인해 생겨나는 불화가 공감이나 감동보다 더 중요하다고 믿는, 전형적인 예술가들의 직업병을 앓고 있습니다. 거기서 자신의 소명을 찾고 자기 예술의 의미를 찾으니까요. 진정한 예술은 그래야 한다는 믿음을 여전히 포기하지 않는 거죠. 시대와 불화하는 예술가, 시대착오에서 삶의 의미를 찾는 예술가, 대중과 타협하지 않는 예술가 등등.

우리의 오랜 설득 끝에 그가 드디어 마지못해 답을 내놓는군요. "이것은 삽이 아니다. 이것은 일을 하기 위해 인간이 해야 하는 세 가지 질문을 가리키는 기호다. 그 세 가지 질문이란, 세계가 어떤 상태에 있는지(sein), 세계가 어떠해야 하는지(sollen), 그리고 어떻게 세계가 그렇게 될 수 있는지(wie)이다"라고 작가는 설명합니다. 이해가 가십니까? 이런 이야기를 어째서 이렇게 이상한 삽을 가지고 한다는 것인지 납득이 가십니까? 조금만 생각해 보면 이 설명을 전혀 다른 것으로 바꿔놓아도 아무 문제가 없다는 것이 더 기가 막힐 일이지요. 예를 들면 그 세 개의 삽날이 프랑스 혁명의 슬로건이었던 평등, 박애, 자유를 의미한다고 해도 이의를 제기할 수 없고, 기독교의 믿음, 소망, 사랑을 뜻하는 것이라 해도 그런가 보다 하고 고개를 끄덕이게 된다는 겁니다. 그러니 이런 부류의 작가들이 미술을 입으로 한다는 말을 듣는 겁니다. 어쩌다 미술이 이 지경이 되었는지 모르겠지만 나는 믿지 않아요. 예술은 이런 게 아니에요!(문이 '쾅' 닫히는 소리, 이어지는 침묵)

선한 권력은 조롱을 받고 무자비한 권력이 추앙받는 것은 어째서 변함없는 인류의 속성일까. 존경은 못 하더라도 이해 정도는 할 수 있는 인간은 왜 그런 자리에 남아나지 못할까.

인정하고 싶지는 않지만 키가 작아지고 있다. 이런 식으로 가다가는 팔을 뻗으면 손이 닿았던 책장 맨 위 칸의 책을 꺼낼 때도 사다리를 써야 할 것이다. 근육이 줄고, 걷는 속도가 느려지고, 그동안 내 안에 머물던 많은 것들이 소리 없이 나를 빠져나갈 것이다. 그 빈자리에 회한과 원망 따위가 늘어갈 것이다. 인사도 없이 떠난다고 서운해 할 일이 아니다. 오히려 내 쪽에서 그것들에게 작별의 인사를 해야 하리라. 고마운 줄 모르고 당연한 것처럼 혹사시켰던 나의 젊음에게 애썼다, 수고했다, 미안했다고, 기억하겠다고 말해야 하리라.

특별한 기술이 필요 없는, 누구나 마음만 먹으면 할 수
있는 방법으로 사물을 만들고 드로잉을 하고 퍼포먼스를
한다. 숙련된 기교도 없고 비장의 노하우도 없는, 모든 것이
공개되어 있는 행위들을 엮어서 허무한 결말에 이르는
실패와 무능의 드라마를 연출한다. 스스로를 어릿광대로
만들고, 사물의 실태를 오해하고 착각하는 이 일에
성실하게 몰두한다. 시인이 누구나 다 아는 단어, 누구나
쓸 수 있는 말로 시를 쓰듯이, 나도 누구나 다 아는 사물과
행위로 작업을 한다. 아무것도 아닌 것으로 대단한 것을
만드는 것이 가장 위대한 창작이라는 믿음, 발길에 차이는
돌멩이들에서 세상에 없던 무언가를 발견해 내리라는
무모한 도전이다. 낡은 것으로 새것을, 버려진 것으로 버릴
수 없는 것을, 패배한 것으로 승리를 만드는 역전을 꿈꾼다.
무능과 무위를 실천하면서 그 결과가 대단한 성공에 이를
것임을 굳게 믿는다. 반전과 역설의 미학이다.

수행이란 깨달음을 얻기 위한 노력인데, 나의 수행에
깨달음이라는 궁극적 목표가 있는가. 삶과 세계의 원리를
아는 것이 미술가로서 나의 수행인가. 헛된 욕망과 번뇌를
벗어던지고 무위자연의 경지에 이르는 것이 내 미술의
목표가 될 수 있는가. 만약 그렇다면 그것은 삶을 죽이고
예술을 죽이는 일이 되는 것은 아닌가. 세상사에 초연할 수
없고 뭔가 해야 할 말이 있기 때문에 내가 미술을 한다면,
해탈을 향하는 수행이란 그와는 정반대의 길을 가는
일이 아닌가. 평정심, 깊은 산중의 호수와 같은 고요함을
바라면서 세속의 옳고 그름에 흔들리는 마음이란 극복해야
할 허물이 아닌가. 정원사처럼 자신에게 주어진 정원을
가꾸고 유지하는 경건한 삶을 바라면서 인간사의 비루함에
끼어들어 뭐라도 한마디 보태지 않고는 못 견디는 것은
여전히 역사의 일부가 되려는 나의 욕망 때문이 아닌가.
나는 아직 노년에 든 이들의 내면으로의 은둔, 초탈의
경지에 이르지 못했다.

영화가 끝났음을 알리는 방법은 'The End', 'FIN', '끝'이라는 자막을 화면 한복판에 올리는 것이다. 영화의 역사에서 관습으로 굳어졌던 이 방법에 대해 아무도 이의를 제기하지 않았던 것 같다. 이야기의 세계와 현실의 세계 사이에 놓이는 명료한 경계로서 '끝'은 현실 속에서도 수없이 존재하지만 누구도 그것을 영화에서처럼 사용하지 않는다. 그러나 누구든지 영화의 마지막 장면의 주인공처럼, 하나의 에피소드가 끝났음을 공지하는 표지판을 짊어지고 소실점을 향해 걸을 수 있다.

사람들은 왜 시를 쓰고 그림을 그려야 할 자리에서 불편한 질문을 하고 있는지 내게 묻는다. 아름다움에 목마른 관객에게 의외의 질문을 던져주고는 제 할 일을 다했다고 돌아서는 내 모습은 그들에게 오만방자한 멍청이로 비칠 것이다. 컬렉터들이 거들떠보지 않는 설치 작업으로 미술관 순례를 해온 경력을 내세우지만, 내가 교수가 아닌 전업 작가였어도 그럴 수 있었을까. 그렇게 40여 년 동안 내가 비판하고 회피하고 외면했던 세속적인 미술, 세상에 침묵하며 노래하고 치장하는 미술이 없었어도 내가 나의 미술을 할 수 있었을까. 그런 미술이 있었고 그것이 주류였기에 나의 질문과 이의 제기가 의미를 가질 수 있었다. 나의 예술적 정체성은 그들이 타자로서 거기 있었고, 그들의 질서에 순응하지 않음으로써 만들어졌다. 나는 한국식 모더니즘에도 민중미술에도 이방인이었다. 내가 앞으로 해야 할 질문이 무엇이어야 하는지를 알기 위해서는 이 점을 분명히 확인해 두어야 한다. 환대받지 못하는 이방인의 처지를 받아들이고 무리에서 떨어져 있는 것을 오히려 고마운 자산이라 여겨야 한다.

어떤 작품이 시작되는 과정을 보여주는 드로잉이 있고,
그 과정을 통해 만들어진 작품이 있을 때, 드로잉을 함께
전시하는 것은 관객에 대한 친절한 배려일까, 아니면
진정한 감상을 방해하는 사족일까. 이럴 때 작품은 어느
쪽인가? 작품 자체인가, 작품과 드로잉 양쪽 다인가, 아니면
드로잉인가? 흔히 말하듯 결과보다 과정이 중요하다고
믿는다면 드로잉이 작품이고, 작품은 부수적인 결과물이
된다. 반대로 과정이야 어찌되었든 작가는 작품으로
말한다는 관점에서 보면 과정을 보여주는 드로잉은 내놓지
말았어야 할 스포일러, 불필요할 뿐 아니라 감상을 방해하는
군더더기가 된다. 드로잉에는 생각이 있고, 작품은 생각을
가리키는 손가락이라 한다면, 궁극적으로 관객이 작품을
통해 생각에 이르기를 바란다면, 질문해야 한다. 달이
중요한가, 달을 가리키는 손가락이 중요한가.

나의 '쓰기'는 내 작업을 처음부터 아카이브로 만드는
과정인가? 미술 작품이라는 최종 목표로 가는 과정의
기록과 부산물이 그 자체로 작품이라면 작품은 여기서
무엇인가. 작품과 기록의 구별이 사라지고 기록이 작품의
자리를 차지한다면, 작품은 기록을 위한 구실이 되는
것인가? 이 역전은 흥미롭지만, 정말 그렇다면 그것은
모종의 병적인 징후는 아닐까. 글로 쓰이고 말로 진술되는
것 이외의 모든 것에 대한 무시, 불신, 홀대가 그 배경에
숨어 있지 않은가. 삶의 모든 순간을 기록으로 보존하느라고
정작 삶 자체가 사라지는 것, 마치 관광객이 자신의 모습을
사진으로 남기는 것을 여행 자체보다 더 중요하게 여기는
것처럼 본말이 전도되는 것, 주객이 바뀌는 것, '남는 건
사진밖에 없다'는 자조적인 말 속에 담겨 있는, 실제의
경험과 삶과 기억에 대한 불신, 이런 것들이 내 글쓰기에
내재하는 불편한 진실인가? 기록과 삶, 일기와 일상, 작품과
기록, 글과 그림, 개념과 사물 사이의 중간 지대, 흐릿한
경계선에 내가 있다. 세속의 성공과 수도자의 경건한 삶,
어느 쪽에도 이르지 못했으나 나를 나 아닌 누구와 비교할
수 있는가.

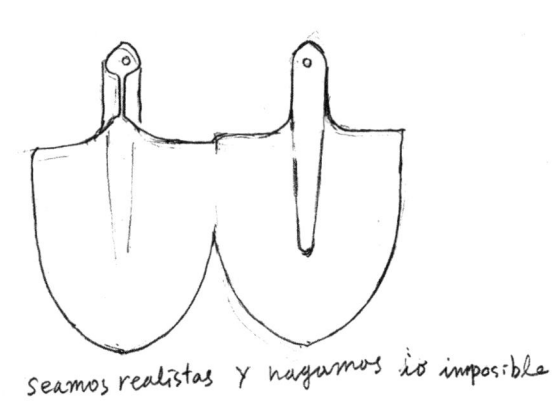

seamos realistas y hagamos lo imposible

SOLIDARITÄT
SEIN
FAITH

MACHT
SOLLEN
HOPE

FREIHEIT
WIE
CHARITY

농담은 흘리지 않은 눈물이라고 카프카는 말했다. 부조리하고 삭막한 세상에서 울면서 살 수는 없기에 농담과 유머가 필요하다는 것이다. 상처받지 않기 위해, 패배하지 않기 위해, 정면 돌파가 아니라 농담이라는 우회로를 택하는 것이다. 베케트의 부조리극은 연극 형식을 통한 농담이다. 등장인물들은 어리석지만 진지하고 자신들이 농담을 하고 있다고 생각하지 않는다. 그들의 말과 행동을 통해 작가가 농담을 하고 있다. 그러나 그것은 뼈아픈 농담, 눈물 나는 농담이다.

사람들은 믿지 않겠지만 나 역시 40년 동안 농담을 하고 있다. 망치니 구둣솔이니 삽이니 하는 세상의 엑스트라들을 주연으로 등장시켜서 철학적이고 정치적인 대사를 지껄이게 만드는 농담, 아무것도 아닌 것과 모든 것의 경계를 무너뜨리는 농담, 농담인지 진담인지 잡담인지 알 수 없는, 어디쯤에서 웃어야 할지 알 수 없는, 정색을 하고 진지하게 내뱉는 헛소리, 세상을 받아들이기 힘든 사람들에게만 통하는 농담이다. 그것은 할 얘기가 없어서 심심풀이로 늘어놓는 흰소리가 아니다. 믿을 수 없을 만큼 농담 같은 세상에서 흘리지 않은 눈물이다.

웬만해서는 세상은 변하지 않는다. 인구 절벽의 경고에도 출산율은 계속 떨어지고 기후 위기를 실감하면서도 생산과 소비는 줄지 않는다. 초속 30킬로미터의 속도로 지구가 이동하고 있다는 사실을 알고도 전쟁과 살육은 멈추지 않는다. 얼어붙은 바다의 얼음을 깨는 도끼와 같은 책들로도 얼어붙은 세상은 깨지지 않는다. 인간은 변하지 않으며 그것이 운명이라면, 예술은 다른 일거리를 찾아봐야 할 것이다. 세상을 비추는 거울을 만들어도 거울을 볼 사람이 없고 세상의 소금이 되려 해도 소금에 이미 절을 대로 절어 있는 세상이다.

카프카의 「학술원에 드리는 보고」는 인간답지 않은 인간들의 세계에 대한 통렬한 조롱으로, 원숭이가 인간 흉내를 내기가 너무나 쉬운 일이었다고 고백하는 내용이다. 카프카를 따라서 나는 부끄러움을 느끼지 않는 법, 생각하지 않고 행동하는 법을 가르치는 친절한 지침서를 써보려 한다.

더 이상 질문이 떠오르지 않는다. 마치 더 이상 길이 없는 막다른 골목, 닫힌 문 앞에 서 있는 느낌이다. 플루서식으로 풀어보자면 만약 내 앞에 나의 진로를 가로막는 장애물이 있고, 내가 그것을 우회하거나 넘어갈 수 없다는 것이 분명하다면, 나는 돌아서서 그 장애물을 부수고 돌파할 수 있는 도구를 찾아야 한다. 도저히 이길 수 없는 상대를 만났을 때 부모든 형제든 지원군을 찾는 아이처럼 말이다. 혹은 질문의 방법을 바꿔보아야 할까? 카프카는 장애물을 찾느라고 시간을 쓰지 말라고 했다. 장애물은 없을 테니까. 어쩌면 나 자신이 나를 가로막는 장애물이 되어 있는 것이 아닐까. 세계가 내 앞에 있고 나는 그 세계를 내 앞길에 가로놓인 장애물이라고 생각했는데, 그런 것이 아니라 나 자신이 바로 내가 세계로 나아가는 것을 가로막는 장애물이라면, 이것이야말로 카프카적인 상황이 아닌가. 먼저 짊어진 짐들을 내려놓는 것이 필요할지 모른다. 멀리 가려면 가벼워져야 한다는데 내가 너무 많은 것들을 끌고 가고 있는지 모른다. 장애물은 내 안에 있다.

VII

듣기, 쓰기, 읽기, 말하기는 언어 능력의 기본이다. 언어로 된 정보를 받아들이고, 이해하고, 자신의 감정과 생각을 언어로 구성해서 내놓는 능력이다. 읽지 않고는 쓸 수 없고, 듣지 않고는 말할 수 없다. 우리의 문제는 읽지 않고 쓰는 것. 듣지 않고 말하는 것이다. 생각하지 않고 주장하는 것, 궤변과 선동으로 진실을 왜곡하고 은폐하는 것, 듣고 읽기는 하나 말하고 쓰지 않는 것. 언어의 오염과 퇴화를 외면하고 방치하는 것이 지금 우리의 문제다. 말과 글의 생산량은 증가하지만 듣고 읽는 사람이 없다. 누가 무슨 말을 해도 들리지 않는 소음으로 가득 찬 세상에서 목소리가 커지고, 자극적이고 폭력적인 구호가 언어를 지배한다. 언어가 힘을 잃고 물리적인 힘과 돈의 힘이 그 자리를 차지한다. 법은 언어로 구성된 체계이지만 불신의 대상이고 언론 역시 마찬가지다. 좋은 말들을 선점해서 타인을 조종하고 지배하는 정치 역시 언어의 힘에 의존하면서 언어를 죽이고 언어에 기반을 두는 가치들을 탕진하는 데 골몰한다. 같은 말과 구호가 전혀 다른 맥락에서 쓰일 수 있고, 그것은 결국 말의 인플레이션으로, 언어의 죽음으로 이어지고 있다는 생각을 지울 수가 없다. 죽은 말을 되살리는 것을 나의 과제로 여겨왔지만 40년 사이에 세상은 나아지기는커녕 더 나빠졌다. 빅마우스, 부끄러움을 모르는 더러운 입들이 지도자가 되었고 끊이지 않는 전장에서 정치가들은 언어를 실탄으로 사용한다. 언어 능력의 기본을 배웠지만 언어의 윤리, 언어의 품격을 배우지 못한 세상에서 언어의 부활을 말하는 것은 몽상일지 모른다. AI가 써주는 글로 자기소개를 하는 세상에서 언어로 세상을 읽고 써온 사람이 비판적 지식인의 역할을 자임하는 것은 돈키호테의 망상일지 모른다. 그럼에도 해야 할 일, 외면해선 안 되는 현실이다.

시는 내가 혼자 있는 방식이라고 쓴 페르난두 페소아에
비하면 나는 아직도 많은 것을 내려놓지 못하고 있다.
시인이 되기 위해 시를 쓰는 것이 아니라 혼자 있기
위해 시를 쓴다고, 사물의 내재적 구조니 우주의 의미니
하는 것을 생각하는 것은 샘물에 물 한 컵을 가져가는
것처럼 덧붙이는 것에 불과하다고 했다. 쓰지 않으면
삶이 무의미해질 것을 두려워하면서 글을 쓰고 그림을
그리는 것, 작가로서의 침묵과 멈춤이 곧 작가적 퇴행과
죽음이라는 생각에 쫓기며 전시에 모든 것을 쏟아붓는 것은
나를 여기까지 오게 한 동력이었지만 한계이기도 했다. 일
중독자로서 이룬 것만큼 놓치고 흘려보낸 것들이 있다.

이 글들은 단상이다. 지나다니는 길가에서 그때그때 눈에 띈 것들을 적어두는 파편적인 글들이다. 그것들이 모여서 무엇이 되는지 알지 못한 채 일기처럼 쓰고 있다. 처음에는 목표가 있었다. 미술가로서 내가 해온 질문들을 돌아보고, 아직 하지 않았던 질문들을 찾아내고, 그럼으로써 해야 할 질문이 무엇인지를 밝히는 것이었다. 그러나 그 질문은 끝이 없다. 끝내 성에 도착하지 못하는 카프카의 K처럼 미로를 헤매고 있는 듯하다. 이 글들은 내 작가적 삶의 부분들이지만 그것들이 모여서 하나의 전체를 이룰 수 있는지 분명치 않다. 오늘과 어제의 생각이 이어지기도 하지만 계속 끊기고, 며칠 전의 기록은 잊힌다. 이 글은 완성되지 않을 것이다. 목표는 계속 지평선 너머로 달아날 것이다. 그렇지만 중단하고 돌아설 수 없다.

바벨탑이 무너진 것은 인간이 그것을 신들의 세계에 오르는 사다리로 사용할 수 있기 때문이다. 그러나 우리는 이미 바벨탑보다 더 높이 오르는 사다리를 갖고 있고, 다른 언어들을 실시간으로 통역해 주는 번역기를 갖고 있다. 그것은 바벨탑의 저주를 무력화한 사다리, 인간을 신들의 세계에 살게 한 사다리이다. 쫓겨난 신들은 영화나 게임 속으로 망명했고 더 이상 인간의 오만을 벌할 수단도 의지도 없는 듯하다. 천상에는 이데아도 신도 없고 잡담과 오락으로 소일하며 세상을 조망하지 않는, 무지하고 냉소적이고 이기적이며 부끄러움을 모르는, 인간이라고 부르기도 부끄러운 인간들이 살고 있다.

지평선은 없다. 나는 지평선을 다시 만들 것이다. 나는
지평선이 될 것이다.

'지평선은 없다'는 말은 두 가지 의미로 읽을 수 있다.
첫째로, 하늘과 땅이 만나는 곳을 가리키는 그 선이
실제로는 존재하는 것이 아니라는 뜻일 수 있다. 둘째로,
지평선이라는 말로 상징되는 저 너머의 세계가 존재하지
않는다는 뜻일 수도 있다. 전자가 세계에 대한 우리 인식의
불완전함과 허구성을 가리킨다면, 후자는 '지금 이곳'의
시공간을 넘어설 수 없는 인간의 한계와 무력함을 가리킨다.
둘은 서로 다른 지점을 향하고 있으나, 세계 앞에서 인간이
처한 근본적인 문제를 지적한다는 공통점이 있다. 우리는
세계를 있는 그대로가 아니라 우리가 만든 자의적인 필터를
통해 볼 수밖에 없고, 주어진 세계를 넘어서는 다른 세계에
대한 전망을 잃어버렸다. 새로운 출발은 이 절망적인
깨달음에서 시작된다. 지평선은 없다. 우리는 지평선을 다시
만들 것이다.

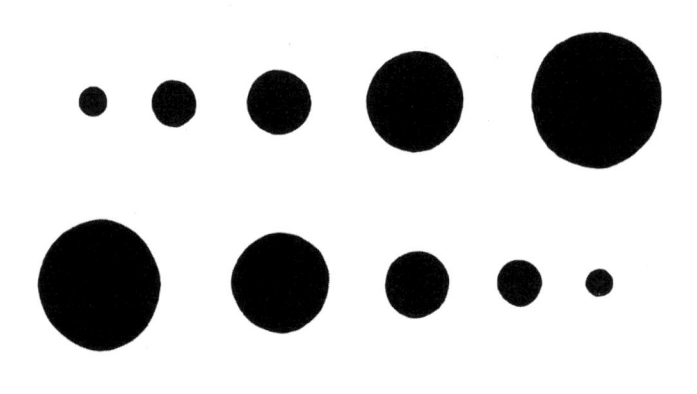

나는 글쓰기와 그리기를 왼손과 오른손처럼 쓸 줄 안다고
말해왔다. 글이 막히면 그림으로, 그림이 막히면 글로 한
발짝씩 나아갈 수 있다고 믿었다. 둘 중 한 가지만 할 수
있었다면 지금 같은 양손잡이 작가의 세계는 없었을 것이다.
원했던 것은 아니었지만 글쓰는 일이 직업이 됨으로써
나는 미술과 세상을 보는 또 하나의 방법을 얻을 수 있었다.
감각과 직관에 의존하지 않고 스스로를 객관화해 볼 수
있는 것, 복잡하고 안갯속 같은 생각의 미로를 가능한 한
끝까지 추적할 수 있는 것은 글쓰기를 통해서만 가능했다.
그 점에 대해 감사하다. 그런데 때로 글이 그림을, 왼손이
오른손을 압도하고 지배하고 있지 않은지, 저울의 추가
기울어서 한쪽이 다른 한쪽에 종속되어 있지 않은지 걱정이
된다. 균형과 협업과 견제가 아니라 지배와 종속의 위계가
생긴 것은 아닌지, 어떻게 둘을 조화롭게 공존하게 할 수
있을지, 그러면서 동시에 이 상태를 굳이 조정해야 하는지,
미술가에게 문기(文氣)가 과하다거나, 꿈보다 해몽이
낫다거나 하는 말들에 흔들릴 필요가 있는지 생각한다.
한쪽이 과하면 다른 쪽이 퇴화하는가, 아니면 달이 차고
기울 듯 역전의 시간이 오는가.

목적지 없이 걷기, 멈춰 서 있지 않기 위해서, 또는 멈추지 않고 걷기 자체가 유일한 목적인 걷기, 또는 자신을 떠나기 위한 걷기, 어제를 잊고 오직 내일을 향해 나아가기만을 위한 걷기, 살아 있음을 확인하기 위한 걷기. 매일 아침 나의 글쓰기는 이런 걷기와 같다. 그것은 어디에 이르리라는 뚜렷한 목표 없이 시작된다. 어디서 시작해도 되고 어디서 끝나도 상관없는 글쓰기. 오로지 쓰는 행위의 지속만을 위해서, 차라리 쓰고 있다는 사실 자체를 잊기 위해서 쓴다고 하는 편이 나을지도 모른다. 쓰레기가 되더라도 생각의 실마리를 간신히 붙들고 내 앞의 숱한 갈림길들을 향해 나를 던지는 글쓰기. 발로 쓰는 글, 발길에 차이는 돌멩이 중에 뭔가 특별한 것이 있으리라는 막연한 기대조차 내려놓고 그냥 쓰는 막글. 거칠고 거침없이 내 안에서 풀려나오는 거미줄 같은 글, 허우적거리며 필사적으로 붙잡는 지푸라기 같은 글, 그러나 그렇게 모은 지푸라기가 둥지가 되고 그 궤적이 나의 집이 되는 그런 글, 결국은 집으로 돌아오는 것으로 끝나는 짧은 모험, 길을 잃고 낯선 거리를 방황하기 위해 나서는 산책, 일탈을 위한 탐사, 제자리로 돌아오지만 가장 멀리까지 가보려는 여행, 어쩌면 어디선가 길을 잃고 돌아오지 않기 위해, 실종자가 되기 위해 지도도 나침반도 없이 떠나는 소풍 같은 것, 위험을 자초하고 고생을 사서 하는 어리석음, 분별없음, 천진난만함으로 인해 도처에서 난관과 막다른 골목을 만나 먼 우회로를 돌아서 가는 글쓰기. 90퍼센트는 헛수고인, 그런데도 끊을 수 없는 습관 같은, 살아 있어야만 할 수 있는, 자기 삶의 주인이어야만 할 수 있는 순수한 낭비의 순간들.

바다의 잔물결 하나하나를 일일이 세는 일처럼 무모하고
불가능한 도전. 세월호 10주기전 출품작은 관람객이
참여해서 바다 그림을 완성하는 과정형 프로젝트로
계획되었다.* 나의 역할은 적절한 이미지를 선택하고
그것을 3천 개의 조각으로 나누어 관객이 전시장에서
그릴 수 있도록 일곱 색깔의 물감과 붓과 함께 준비해 두는
것이었다. 이 과정에서 켄트지에 연필과 먹으로 드로잉한
밑그림이 만들어졌다. 거대한 바다 풍경 속의 잔물결
하나하나를 정교한 선으로 묘사하고 일곱 가지 색채의
지정 번호를 적어 넣는 데 꼬박 보름이 걸렸다. 결과적으로
이 밑그림 자체가 그 나름으로 밀도 있는 드로잉 작업이
되었다. 그림이 완성되어 갈수록 새로운 의미가 더해졌고
이 무거운 주제를 설명하는 것이 아니라, 그리는 행위 자체,
그림에 임하는 태도 자체가 중요해졌다. 분노와 한탄을
속으로 억누르고, 스스로 고행을 선택함으로써 웅변이 아닌
침묵으로 말하는 작업이다. 관객에게 그것은 실현 불가능한
과제처럼, 넘어서기 힘든 벽처럼 다가올 것이다. 무의미한
잔물결 하나하나를 그려나가는 반복적이고 강박적인
행위에, 3천 명이 하나의 그림을 만들어간다는 데 이 작업의
의미가 있다. 참사의 기억은 세월과 함께 흐려지지만 우리는
그 작은 물결 하나하나를 기억할 것이다. 전시가 진행되는
동안, 연필로 그린 밑그림에서는 보이지 않았던 잔잔한
바다와 찬란한 윤슬이 나타날 것이다. 슬픔과 회한의 바다,
우리를 하나의 공동체로 만드는 기억의 바다.

* 2024년 4월 12일부터 7월 14일까지 경기도미술관에서 열린 세월호참사
10주기 추념전 『우리가, 바다』에서 선보인 「내 마음의 수평선」을 말한다.

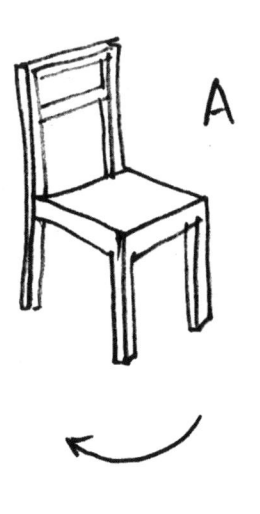

A

두 개의 의자가 제자리에서 회전한다.
시계방향으로 돌고 (A) 반시계 방향으로 돈다 (B).
앉은 자리에서 고개를 돌리지 않고도 세상을
다 볼 수 있으니 아무도 등 뒤에서 나를 공격할 수 없다.

낡은 선풍기, 온풍기, 헌 책상 하나, 사무용 의자. 길가에
내놓은 낡은 집기들을 보며 그 주인의 삶을 생각한다.
남겨둘 기억 따위는 없다는 듯, 오히려 잘됐다는 듯 버려진
물건들이 나를 붙잡고 자신들에 기대어 살아온 어떤 사람을
이야기하고 있다. 장소가 바뀜으로써 사물은 침묵을 깨고
말하기 시작한다. 사물이 말하게 하는 것, 사물로 말하는
것, 그것이 내 작업의 시작이다. 있는 것으로 부재하는 것을
말하는 것이 미술의 시작이다.

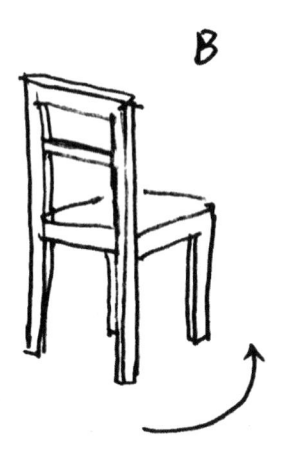

전시장에서 관객에게 완성된 작품을 전시하는 것은
미술의 관행이다. 물감이 덜 말랐더라도 전시가 시작되는
순간부터 작품은 불가침의 영역이 된다. 작가의 작업실에
있을 때는 일상의 일부였던 것이 예술 작품의 세계로
넘어가고, 작가 자신조차 손을 댈 수 없는 상태로 봉인된다.
미완성 작품을 전시하는 것은 게으름과 태만의 결과,
또는 조급함의 결과(카프카가 말한 인간의 두 가지
죄이며 모든 다른 죄들의 근원)이다. 그것은 미술가의
불성실과 무책임을 스스로 드러내는 행위이다. 게다가
미술가들에게는 작품으로(만!) 말한다는 원칙이 있다.
미완성작을 내놓고서 작가가 이런저런 설명을 덧붙여
보완하는 것은 아마추어나 하는 변명이 되는 것이다. 과정
중심의 작업조차도, 작품이 진행된 과정을 그대로 작품의
일부로 남겨두는 제스처조차도 전시장에서는 정지 상태로
제시된다. 변화하고 움직이는 작품의 과정 중 마지막 한
장면을 정지 화면으로 보여주는 것, 결정적 순간을 포착하는
것이 작가의 능력이자 의무가 된다. 여러 작가가 이 관행에
의문을 제기했고, 나 역시 영원히 미완성인 상태로 계속
완성을 향해 다가가는 작품으로 이 관행에 도전하는 데
관심이 있다. 전시는 결과가 아니라 과정이 되고 작품은
과거완료형이 아니라 현재진행형이 된다. 책을 펼칠 때마다
독자가 작품을 새롭게 완성해 가듯이, 전시장에서 작품이
관객에 의해 새롭게 완성되어야 한다는 생각이다. 모든
작품은 미완성이고, 누군가에 의해 발견됨으로써 완성에
다가가는 과정이다. 작품은 작가의 손을 떠났을 때가 아니라
관객을 만났을 때 완성된다.

바위 같은 작품이 있다면 깃털같이 가벼운 작품이 있다. 바위 같은 재료에 깃털 같은 아이디어를 새겨놓은 작품이 있다면 깃털 같은 재료에 바위 같은 아이디어를 실은 작품도 있을 것이다. 나는 후자를 더 높이 평가해 왔다. 영원함을 믿을 수 없기에 빛나는 순간들에 주목했고, 최소한의 재료에 최대한의 생각을 담으려 했다. 표현과 장식의 기름기를 뺀 검박한 미술로써 감각적 자극과 물질적 과잉의 세계에 맞서려 했다. 바위 같은 재료에 깃털 같은 생각을 담는 미술을 물질주의의 논리에 투항한 것으로 혐오했다. 생각은 정제되어야 하고 필요한 말 이외에는 침묵해야 하고 형식은 신중해야 했다. 할 말은 작업 노트에 적어두고, 작업은 과묵해야 했다.

작품의 가치는 작품 안에 있는가, 아니면 작품 밖에 있는가?
작품은 그 자체로 불변하는 가치를 갖는가, 아니면 관객과의
만남에 의해 새로운 가치를 만드는가? 전자는 작품을
완결된 결과물로 보고, 후자는 언제나 새로 시작되는
과정으로 본다. 어두운 땅속에 있어도 황금은 황금이듯이
위대한 작품은 그 자체로 빛난다는 주장과, 작품이 놓이는
장소에 따라 예술이 되기도 하고 쓰레기가 되기도 한다는
주장이 맞선다. 내 생각은 후자에 가깝다. 작품의 가치는
작품 밖에 있고, 작품 자체는 관객을 그곳으로 안내하는
표지판 같은 것이다. 작품은 목적지가 아니라 출발점이고
대기실이고 등산로 입구 같은 것이다.

미술 작품은 그것이 작품 바깥의 어떤 것을 가리키느냐,
아니면 작품의 내부, 작품 자체를 가리키느냐에 따라 두
가지로 나눌 수 있다. 대부분의 미술 작품은 전자에 속한다.
자연의 아름다움을 재현하고 역사적 사건을 기록하고
종교적 믿음을 전파하고 권력을 찬양하고 현실을 비판하고
작가의 내면을 고백할 때, 그 대상들은 모두 작품 밖에
있다. 반대로 외부가 아니라 작품 내부를 가리키는 작품,
바깥 세계의 현실과 절연하고 오로지 작품 안에서 생성되고
전개되는 현상에 집중하는 미술이 있다. 80년대에 나는
이런 미술을 받아들일 수 없었다. 40년이 지난 지금 이
문제를 다시 생각해 본다. 작품 자체 이외에는 어떤 것도
지시하지 않는 작품, 물감이나 점토가 작가의 손에서
변형되고 구축되는 과정 자체만을 가리키는 작품, 재료와
작가의 행위가 만나는 사건으로서의 작품을 나는 왜 인정할
수 없었을까. 작품 밖의 어떤 것에도 의존하지 않고 스스로
의미를 갖는 작품, 그러면서도 방만하거나 자의적이지 않은
작품을 이제는 받아들일 수 있을까.

다른 사람의 미술에 대해 이러쿵저러쿵 논평하는 것은 내가
할 일이 아니다. 평론가들은 그 일을 하는 사람들이지만
나는 평론가가 아니다. 다만 내가 하는 미술을 통해, 그리고
내가 하지 않는 미술을 통해 간접적으로 다른 작가들의
미술에 대한 생각이 드러날 수는 있다. 처음에 미술을
시작했을 때 나의 작업은 기존 미술에 대한 논평의 성격을
띠었다. 근엄한 미술에 대해, 물질주의와 표현주의에 대해,
현실도피와 신비주의와 상업주의에 대해 반대하는 것이 내
작업의 목표, 내 작가적 정체성이었다.

지금은 어떤가 하면, 타인의 미술에 대한 관심 자체가
줄어든 것 같다. 여전히 좋은 작품과 나쁜 작품에 대해
판단은 하지만 굳이 드러내지 않는다. 내가 어떤 미술에
반대하는지 말할 필요를 느끼지 않는다. 좋게 말하면 나의
작가적 위치가 생겼기 때문일 것이다. 또는 더 이상 다른
작가들을 경쟁이나 비판의 대상으로 삼지 않게 되었기
때문일 것이다. 그러나 타인의 미술에 대한 무관심은 깊이
생각해 볼 문제다. 내가 어디에 있는지, 앞으로 가고 있는지
제자리를 맴돌고 있는지 알기 위해서는 주위를 둘러보아야
한다. 타인들을 평가하는 것은 내가 할 일이 아니지만,
타인들을 통해서만 내가 무엇을 하고 있는지, 내가 무엇을
하지 않았는지를 알 수 있다. "타인만이 우리를 구원한다"고
했던 아담 자가예프스키가 옳았다.

더하기에 비하면 **빼기는** 어렵다. 보고 듣고 읽고 느끼는 모든 것을 기록하는 데는 성실함이면 충분하지만, 그중에서 무엇을 남기고 무엇을 버려야 할지 정하는 데는 냉철한 판단력이 필요하기 때문이다. 작품은 작가가 수집한 모든 것을 진열하는 잡화점이 아니다. 연설이 아니라 하이쿠처럼 절제된 아포리즘이어야 한다. 말보다 침묵이 더 많아서 관객이 그 침묵의 공간을 스스로 채워가는 대화와 사유의 장이 되어야 한다. 작품은 90퍼센트의 침묵과 10퍼센트의 말로 이루어져야 한다. 언어란 침묵 없이 존재할 수 없다. 필요한 말을 하기 위해, 그 말의 주위를 침묵으로 비워두는 것, 청중에게 들려줄 하나의 음, 하나의 음절을 위해 그 음과 멜로디를 끝까지 아껴두는 것, 청중 스스로 그것을 상상하고 간절히 원하도록 만드는 것. 그러나 이것은 시대착오적인 생각일지 모른다. 관객은 침묵을 견디지 못한다. 말과 사물로 가득 찬 세계에서 침묵과 정적은 따로 시간을 내서 배워야만 하는 특별한 기술이 되었다. 명상 수업, 템플 스테이, 교회 미사에 그 흔적이 남아 있다. 그러나 침묵하는 법, 침묵을 견디는 법은 자동차를 운전할 때 브레이크를 밟고 주차하는 법을 먼저 배워야 하는 것처럼 말하기의 필수적인 기초이다. 침묵할 수 있어야 남의 말을 들을 수도 있다.

온건함은 나의 결함이다. 한쪽에 치우치지 않으려 하고 어디에도 속하지 않으려 한다. 나이 탓인지 원래 그런지 나에게는 분노가 부족하다. 아니, 분노를 더 이상 드러내려 하지 않는다. 그렇게 억눌린 분노는 화산의 마그마처럼 저 아래 축적된다. 이의 제기, 비판, 단죄, 청산이 역사를 전진시키는 힘이라면 나는 역사에 절반만 참여하는 셈이다. 질문하고 비판하지만 참여하지 않는다. '현실과 발언'의 기억은 여전히 나를 움직이는 힘이지만 나는 거기서 아주 멀리 떠나왔다. 미술이 세상을 변화시킨다는 믿음은 희미해지고 실망과 회의가 그 자리를 채웠다. 다시 거리로 나가 군중 속에서 구호를 외치는 것을 상상하기 어렵다. 선언문이 아니라 시를 쓰는 것. 행동하지 않는 관찰자로 자신에게 집중하는 것. 이것은 옳은 선택인가?

제라늄 화분 하나를 겨우내 거실에 들여놓고 지냈다. 햇빛이 드는 한쪽 구석에 두고는 며칠에 한 번 물을 줄 때나 잠깐 들여다보았지만 꽃이 피는지 잎이 시드는지 별 관심이 없었다. 그러던 중 그 작은 꽃나무가 눈에 들어왔다. 웃자란 가지를 쳐낸 뒤 새로 나온 잔가지들이 제법 자리를 잡고 제각각 한두 장씩 잎사귀를 펼치고 있었고 그 사이로 꽃송이라 하기에 너무 작고 여린 꽃잎들이 피어 있었다. 나비도 벌도 없는 실내에서 그냥 피는 꽃, 꽃나무니까 할 수 없이 핀 꽃, 그래서 더 눈이 부신 붉은 꽃이다. 나무는 화분 속 한 줌의 흙과 한 모금의 물로 꽃을 피우는 데 온 힘을 다한다. 작은 나무이지만 결코 작다고 할 수 없다.

나의 정체성은 처음부터 모호한 경계선에 있었다. 언제나 내가 속한 집단에서 그 바깥을 그리워했고, 남들과 다른 존재가 되는 것에 거부감이나 두려움이 없었다. 오히려 그것을 내 삶의 목표로 여겼다. 수많은 '그들 중 하나'가 아니라 그들과 다른 누군가가 되고 싶었다. 그래서 미술을 하게 되었고, 미술 대학을 다니면서는 문학에서 탈출구를 찾으려 했고, 미술계의 관행을 받아들일 수 없었다. 그러나 이 모든 탈주는 단호한 결별로 이어지지 않았고, 언제나 둘 사이의 경계에 머무는 것으로 귀결되었다. 어디에도 속하지 않는 이방인이 되는 것은 당연한 결과였다. 나는 그 회색 지대를 스스로 택했다고 할 수 있다. 민중미술가들에게 나는 변절자가 되었고, 모더니스트들에게 나는 좌파의 본성을 감추고 있는 불편한 존재로 여겨졌다. 대부분의 미술인들에게 나는 말이 너무 많은 미술가, 개념에 치우쳐서 미술 본연의 시각적 표현력이 부족한 미술가이고, 글쓰기에 지나치게 경도된 미술가이다. 역사적이고 정치적인 주제를 다루는 작가들에게 나는 구체성이 결여된 보편성에 매달려 있고, 한국적 정체성을 중요시하는 작가들에게 나는 국적 없는 국제주의자, 실체가 없는 서구 중심 미술의 추종자이다. 나는 이 많은 이질적 집단들 사이에 떠 있다.

검게 탄 냄비.

우주의 칠흑 같은 어둠으로 돌아가는 중이다.

전등을 켜면 어둠이 잠시 물러간 것 같아도

우리 주위의 모든 것은 어둠을 품고 있고

언제든 어둠 속으로 돌아갈 기회를 엿보고 있다.

나는 아무것도 가리키지 않고 아무것도 그리지 않는다. 나는 침묵할 것이고 아무에게도 나의 침묵에 대해 양해를 구하지 않을 것이다.

식물의 삶은 흔히 생각하는 것처럼 낭만적이지 않다. 그들은
자연에 순응하며 조용히 기다리기만 하는 것이 아니다.
겉으로 드러나지 않을 뿐이지 생장과 증식을 위한 치열한
투쟁은 포식자의 그것과 다르지 않다. 난초처럼 청초하고
기품 있을 수도 있고, 칡넝쿨처럼 음흉하고 탐욕스러울 수도
있지만, 그 차이는 속도의 차이일 뿐이다. 주위의 모든 것을
휘감고 뒤덮으며 영토를 확장하는 모습을 보면 그것들은
식물의 탈을 쓴 동물이라 해도 이상할 것이 없다.

도시에서 평생을 산 사람이 전원에 텃밭을 가꾸고
과일나무를 키우는 삶을 동경할 수는 있다. 그러나 식물을
키우는 삶 역시 흔히 생각하는 것처럼 낭만적이지 않다.
복숭아 묘목 몇 그루에서 열매 몇 개를 건지려고 끝없이
올라오는 잡초를 뽑고, 어린 가지를 사정없이 휘감고 오르는
칡넝쿨을 모질게 잘라내야 한다. 그러다 보면 내년에는 제초
매트를 깔고, 제초제를 써야겠다는 생각이 저절로 든다.
농사는 생명을 키우는 일이라고 하지만 수없이 많은 다른
생명을 죽이는 일이기도 하다. 뙤약볕 아래 쭈그리고 앉아서
하루 종일 잡초와 씨름하다가 문득 내가 자연의 친구가
아니라 적이라는 것을 깨닫는다. 여름은 아직 시작이고
그들은 반드시 다시 돌아올 것이다.

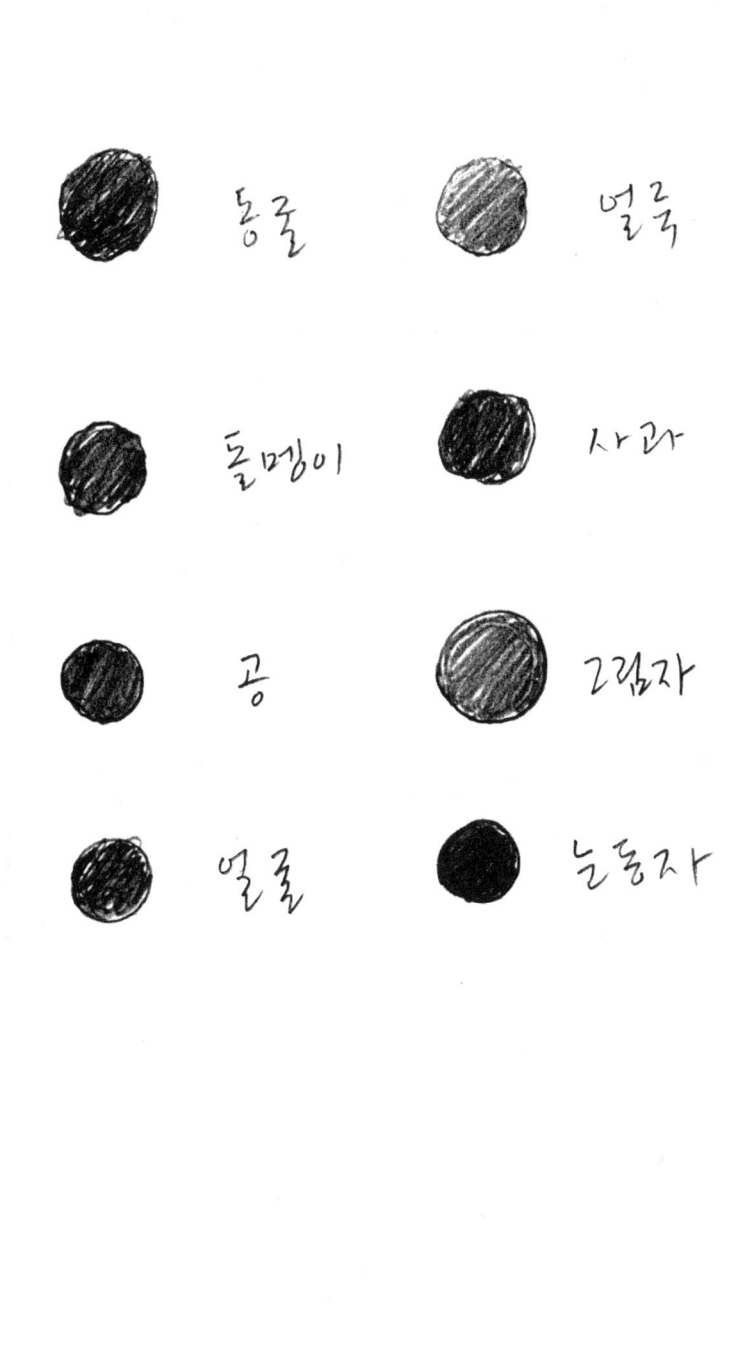

동굴

얼룩

돌멩이

사과

공

그림자

얼룩

눈동자

소실점

마침표

달

위치

우물

해

블랙홀

마늘

세상에는 마늘보다 마늘 아닌것이 더 많다.

미술은 쓸모가 있는가? 현실의 밥이 아니라 정신적인
양식이 되는 것이 미술의 쓸모라면 나는 과연 그 일을 하고
있는가? 나는 남을 위해 미술을 하고 있는가? 감각적인
매혹은 죄악인가? 경계해야 할 타락인가? 모더니즘은
미술에서 이야기를 배제함으로써 무엇을 얻었는가? 침묵은
초월을 위해 불가피한 것인가? 아니면 비난받아 마땅한
비겁한 도피인가? 다른 이들이 일제히 한 방향으로 내달릴
때 멈춰서서 뒤돌아보는 자는 낙오자인가? 서정성은 패배를
정당화하는 변명인가? 나는 영원한 미술을 원하지 않는가?
당대에 유효한 미술을 위해서 나는 무엇을 잃었는가?
관습을 따르는 것은 죄악인가? 따뜻한 마음을 가진, 인간의
얼굴을 한 혁명은 불가능한가? 혁명은 왜 실패하는가?
구체성 없는 보편성은 공허한가? 아니면 보편성 없는
구체성, 지역적 시대적 특수성이 공허한가? 이 모든 질문은
답이 없는 질문들인가? 상황과 관점에 따라 답이 바뀌는
질문들인가? 그럼에도 질문하는 것이 질문하지 않는
것보다 나은가? 질문을 할 수 있기 때문에 인간은 바위나
풀보다 나은 존재인가? 이 질문들은 혹시 다른 질문들을
뒤로 미루기 위한 구실인가? 지금 여기서 해야 할 질문
중에서 내가 하지 않고 있는 질문은 무엇인가? 치명적인
질문을 회피하기 위해 무해한 질문들을 쏟아내고 있는 것은
아닌가? 무엇을 하기에 나는 예술가인가? 무엇을 하기에
나는 인간인가? 추악한 전쟁, 보편적 가치의 붕괴, 수치심
없는 정치와 절망적인 생태 위기 앞에서 초연하게 나만의
구원을 추구하는 것으로 내가 예술가라고, 내가 인간이라고
할 수 있는가? 질문하는 것이 인간의 일이기에, 미술로
질문하는 것은 당연한 것처럼 생각하지만, 미술을 '질문'으로
규정함으로써 미술의 가능성을 경계선 안에 가두는 것은
아닌가? 과연 질문만으로 온전히 미술이 성립할 수 있는가?

정치적인 무관심에서 시작했던 나의 미술은 미술가의
사회적, 시대적 소명을 자각하면서 현실의 모순과 부조리에
대한 비판이 되었고, 다시 개념적이고 철학적인 사유를
지향하는 메타비평의 차원으로 옮겨갔다. 독일 유학 시절에
정치 참여가 무관심과 냉소의 대상이 되고 비판 자체가
체제 속에 편입되는 것을 경험한 결과이다. 그러나 나는
여전히 예술이 시대와 현실에 대해 윤리적 책임을 갖는다고
생각하고, 이런 역할을 포기하거나 거부하는 미술가들을
동시대인으로서나 미술가로서나 인정하기 어렵다. 시대와
현실은 내가 미술을 하는 기반이고, 미술을 하는 이유이다.

기록하고 암기하고 상자에 담고 못 박고 쇠사슬로 묶고 땅에
묻고 돌에 새기고 기념비를 세우고 책을 쓴다. 그 대부분은
얼마 안 가서 사라진다. 남기고 싶었던 이야기들은 남지
않고, 남기고 싶어 한 욕망만이 남아서 주인 없는 묘비로,
녹슨 문장(紋章)으로, 나를 모르고 나도 알 수 없는 낯선
이들에게 전혀 다른 의미로 떠돈다. 누군가 그 잔해 속에서
내가 남긴 빛을 찾아낼 수 있다면 나는 기쁠 테지만, 그때는
이미 기쁨도 나도 없다. 사물을 통해 현세를 넘어 미래로
삶을 연장하려 한 사람도, 그런 미래를 기대하지 않은
사람도 결국에는 다를 것이 없다. 그럼에도 불구하고 쓴다.
이 모든 일의 결말을 알고 있으면서도, 결국 내려오기 위해
에베레스트에 오르는 등반가처럼 쓰고 그리고 만든다.
그럼에도 불구하고가 아니라, 그렇기 때문에 이 일을 한다.
영생을 얻기 위해서가 아니라 영생이 불가능하고 윤회를
믿을 수 없어서 지금 여기서 이 일에 모든 것을 건다. 세상에
없는 빛들을 어디선가 끌어모아서 피는 꽃들처럼 진심을
다할 뿐 그다음은 모른다. 그 일이 내게는 미술이고 삶이다.

안규철

미술가. 서울대학교 미술대학을 졸업하고, 『계간미술』에서 기자로 일했다. 1980년대 중반 '현실과 발언'에 참여한 그는 당시의 기념비적 조각 흐름을 거스르는 미니어처 작업을 선보였으며, 1987년 유학을 떠나 슈투트가르트 국립미술학교에서 수학 중이던 1992년에 첫 개인전을 열며 미술가로서 본격적인 활동을 시작했다. 1995년 귀국 후 『사물들의 사이』, 『49개의 방』, 『모든 것이면서 아무것도 아닌 것』, 『안 보이는 사랑의 나라』, 『사물의 뒷모습』, 『안규철의 질문들』 등의 개인전을 비롯해 여러 국내외 기획전과 비엔날레에서 일상 사물과 공간에 내재한 삶의 이면을 드러내는 작업을 발표하는 한편, 1997년부터 2020년까지 한국예술종합학교 미술원에서 학생들을 가르쳤다. 저서로 『그림 없는 미술관』, 『그 남자의 가방』, 『아홉 마리 금붕어와 먼 곳의 물』, 『사물의 뒷모습』 등이, 역서로 『몸짓들: 현상학 시론』, 『진실의 색: 미술 분야의 다큐멘터리즘』 등이 있다.

안규철의 질문들
안규철 지음

초판 1쇄 발행. 2024년 8월 22일

편집. 박활성, 박새롬
디자인. 워크룸
제작. 세걸음

워크룸 프레스
서울시 종로구 자하문로19길 25, 3층
wpress@wkrm.kr
www.workroompress.kr
ISBN 979-11-94232-00-1 (03810)
값 19,000원